PICKWICK

LORENZA BERNARDI

VORREI CHE FOSSI TU

PIEMME

Alla mia famiglia di ieri.
E a quella di oggi

www.pickwicklibri.it
www.edizpiemme.it

Vorrei che fossi tu
di Lorenza Bernardi

ISBN 978-88-6836-961-3

I edizione Pickwick giugno 2016

Foto di copertina © Nenetus/shutterstock.com per la ragazza,
© Carballo/shutterstock.com per il ragazzo.

Realizzazione editoriale a cura di Viola Gambarini e Paola Mezza

Finito di stampare presso ELCOGRAF S.p.A.
Stabilimento di Cles (TN)

Anno 2018-2019-2020 - Edizione 4 5 6 7 8 9 10 11 12

Capitolo 1

Settembre

Dove si conoscono Beatrice, Eleonora, Garibaldi, Anna, Giacomo. E la Svalvolata

Siamo spiacenti, ma il suo credito sta per terminare. Se effettua una ricarica entro 24 ore riceverà un bonus di 10 mms da utilizzare nei prossimi sette giorni.

Beatrice, o, come la chiamavano tutti, Bea, attaccò stizzita. Che cosa gliene importava degli mms, a lei interessavano solo gli sms. La regola, con Edward, era quella: niente foto né messaggi vocali né tanto meno filmati. Era una promessa che si erano fatti non appena avevano iniziato la loro storia. La loro storia?! Ma cosa stava pensando? Loro *non avevano* una storia. Come si può chiamare storia un rapporto nato e cresciuto solo con messaggini sul cellulare? Con una persona sconosciuta, per di più? E mai, dico mai vista?

E dire che proprio lei, Bea, aveva sempre snobbato la mania delle sue amiche e compagne di classe di smanettare con il cellulare. Bea si era sempre chiesta che gusto ci provassero a mandare miliardi di sms con testi insensati, dove le parole venivano contratte e storpiate ("tvukdb", "ke fai oggi pmrg?", "cmq mi manki 1 kasino"). Lei, purista dell'italiano, odiava questo linguaggio e, le rare volte che mandava un sms, non solo scriveva tutto per intero (sì, anche parole come "contemporaneamente") ma, prima di inviare l'sms, lo rileggeva almeno due volte, per correggere gli errori e controllare la costruzione del periodo.

E ora? Ora era lì, letteralmente in panico per il fatto che il suo credito era *già* terminato (ma non aveva fatto una ricarica solo una settimana prima?). Questo voleva dire che nelle prossime ore non avrebbe potuto inviare "quegli inutili messaggini".

BIIIP!

Eccolo.

Bea deglutì e cliccò impaziente sulla bustina che era apparsa sul display del cellulare.

Da: Edward
Ti sei già stancata di me o hai finito il credito?

Beccata.

Bea emise un piccolo gemito di disappunto. In quel momento arrivò sua madre Eleonora che sbirciò da sopra la sua spalla. – Tutto bene?

Bea sussultò e infilò veloce il telefonino nello zaino. – Eh? Sì sì, benissimo –. Rimase un attimo in silenzio, indecisa se chiederle un aiutino finanziario per un'altra ricarica.

Sua madre alzò un sopracciglio e fece un sorrisetto. – Ma si può sapere a chi mandi tutti quei messaggini? Alle otto del mattino, poi...

Bea spalancò gli occhi. – Le otto?! Oh no, è tardissimo! –. A quel punto partì a razzo.

Schizzò in bagno a lavarsi i denti. Poi si diede una controllata allo specchio: capelli («A posto. Che faccio, li lego? Ma no... Sono belli così lunghi e con i riflessi biondi!»), pelle (si avvicinò di più, toccandosi la fronte con i polpastrelli: «Mmm... può andare. Zero brufoli. Certo che l'abbronzatura fa miracoli per farti sentire più carina!»), occhi («li trucco? Dai, un po' di matita...»), look finale («jeans, magliettina, scarpe da tennis»). Sorrise alla sua immagine riflessa e si precipitò fuori dal bagno, inciampando nel gatto che si era piazzato proprio davanti alla porta. Bea lo evitò all'ultimo momento, rischiando però di sfracellarsi contro lo stipite. – Garibaldi! Ma è possibile?!

Giuseppe Garibaldi, il gatto rosso, miagolò contrariato e si appiattì per terra. Bea si chinò ad accarezzarlo, finché non la raggiunse la voce di sua madre. – Beaaa! È tardi!

– Eccomi! – si alzò, corse in salotto, prese al volo le chiavi, mise lo zaino su una spalla e diede un bacio frettoloso alla madre. – Scappo, sono già in un mega-ritardo e siamo solo al primo giorno di scuola!

La donna abbracciò la figlia. – Santo cielo, Bea, mi fai venire l'ansia. Rilassati.

– Ciao ma', ci vediamo a pranzo –. Poi si infilò nelle orecchie le cuffiette dell'iPod con la musica dei suoi amati Negramaro e scomparve dietro la porta di casa.

Sospirando, Eleonora andò in cucina a prepararsi il caffè. – Ehhh! Che belli i sedici anni!

Bea tirò fuori dal garage la sua bici gialla e pedalò a ritmo di musica fino all'Europa, il bar del centro. Anna, la sua migliore amica, era già davanti alla porta d'entrata e la stava aspettando per fare colazione. Quello era l'unico sfizio da grandi che si concedevano: cappuccio e brioche alla crema era il minimo per cominciare la giornata.

Anna si sbracciò, l'espressione un po' contrariata. – Ohi! Stavo per mandarti un messaggio. È tardissimo.

Bea frenò davanti a lei e l'abbracciò, stampandole due baci sulla guancia. – Scusa, lo so. E comunque non avrei potuto risponderti: sono a secco.

Anna sgranò gli occhi. – Di già? Cavolo, Bea, non

puoi andare avanti così. Questa storia ti sta prosciugando le finanze.

Bea fece una smorfia. – Non c'è bisogno che me lo fai notare. Solo che è più forte di me, credimi. È il primo ragazzo decente che ho incontrato negli ultimi due anni.

– Incontrato?! Ma se non sai neppure che faccia ha! – sbottò l'amica entrando nel bar. – Magari è un serial killer, che ne sai?

Bea sorrise e la circondò con un braccio. – Sei la solita esagerata: magari è solo un po' fuori di testa... come me! – disse facendo gli occhi storti.

Anna si mise a ridere. – Dai, ora mangiamo. Ho una fame...

Ordinarono due cappuccini al banco e si tuffarono sulle brioche. – Quindi ancora non vi siete mandati neppure una foto? – chiese Anna, riprendendo il discorso.

– Niente di niente. E non vogliamo neppure: rovineremmo tutto.

Anna alzò le spalle. – Ma ti sembra matura questa relazione?

A Bea andò di traverso il cappuccino e divenne tutta rossa, tossendo a più non posso. – Relazione?! M-ma che dici?... Oddio, Anna, siamo solo amici. Amici di sms, per giunta.

L'amica si pulì la bocca dallo zucchero a velo.

– Appunto: "amici di sms". Ti rendi conto che state stravolgendo le basi di qualsiasi rapporto degno di chiamarsi tale?

– Cioè? – bofonchiò Bea.

Anna fece una pausa per finire di bere il cappuccino, poi guardò l'amica dritta negli occhi. – In qualsiasi rapporto, che si tratti d'amicizia o di qualcosa di più profondo, c'è bisogno di contatto, sguardi, voci, risate. Insomma, Bea, un rapporto vero può essere tenuto vivo solo da persone vere, reali. Non da messaggini!

Bea alzò gli occhi al cielo. – Uffa, lo sai che *in teoria* io la penso come te, ma questa volta è successo qualcosa di incredibile e imprevedibile e non ho potuto farci niente... È assurdo, lo so, ma voglio che vada avanti così.

Intanto si erano avvicinate alla cassa, ma Anna mise la mano sul portafoglio dell'amica come per dire "lascia stare: faccio io". – Be', se devi pagarti una nuova ricarica...

Bea la guardò riconoscente. Anna era così: poche smancerie, ma piccoli gesti che rivelavano il suo cuore d'oro. Per questo loro due andavano così d'accordo.

Mentre uscivano, sentirono un urletto in lontananza. Si girarono in contemporanea e videro Giacomo, il compagno di banco di Bea, che le stava raggiungendo in bici. Gel sui capelli, abbronzatura impeccabile, occhiali da sole, polo verde bottiglia e jeans firmati: era il solito Giacomo, che sembrava sempre appena uscito da una rivista di moda. In fatto di look non lasciava niente al caso: ogni particolare era studiato e soppesato con estrema cura. Secondo lui c'era un vero e unico male in questo secolo: la sciatteria.

– Iuhuuu! Ragazzeee! –. Giacomo le raggiunse un po' affannato. Poi le passò in esame. – Ma guardatevi: siete semplicemente ra-dio-se! L'estate vi ha fatto benissimo!

Promosse.

Bea e Anna sorrisero e si scambiarono un'occhiata. In effetti tutte e due sfoggiavano ancora un'abbronzatura invidiabile che faceva risaltare i colori di ognuna: i lunghi capelli castani di Bea e il biondo platino del caschetto di Anna.

Bea abbracciò Giacomo. – Anche tu, però, non scherzi! Hai fatto qualche conquista, al mare?

Giacomo sghignazzò. – In effetti c'erano così tanti bei ragazzi in Sardegna... Una gioia per gli occhi!

Giacomo era così. Era convinto che un giorno avrebbe incontrato il suo principe azzurro ma, come diceva sempre lui, come faceva a trovarlo se non si dava un po' da fare?

Le due amiche si scambiarono un'occhiata divertita. – Ovviamente dovrai raccontarci tutto – disse Anna.

– Tranquille, ragazze: la giornata è ancora lunga – rispose lui.

– Appunto, ma se non ci sbrighiamo siamo nei guai – si intromise Bea. Intanto ne approfittò per controllare la tasca esterna del suo zainetto, dove aveva messo il cellulare. Purtroppo, nessun messaggio.

Giacomo notò la sua espressione e incrociò lo sguardo di Anna. Ma lei aggrottò le sopracciglia e scosse la testa, come per dire "ti racconto dopo".

Le due ragazze salirono sulle loro bici e tutti insieme pedalarono verso la scuola continuando a chiacchierare, ridere e scherzare. Nonostante fosse mattino presto, l'aria di settembre era ancora calda e piacevole.

Un meraviglioso scorcio d'estate.

Per fortuna il liceo era vicino e dopo soli cinque minuti i tre erano già intenti a legare le bici alla rastrelliera della scuola. Poi fu un susseguirsi di saluti e mezze frasi con i compagni che incontrarono al cancello.

– Ciao Bea!

– Tutto bene?

– Mazzanti! Ti farai bocciare anche quest'anno?

– Pensa per te!

– Fortini, Fortini, Fortini! Quando ti deciderai a metterti con me?

– Mmm, vediamo... il 30 febbraio può andare?

– Simpatica.

In quel momento si sentì un BIP attutito.

– È il mio! È il mio! – urlò Bea tirando fuori il cellulare dallo zaino con una tale foga che Giacomo la squadrò sbalordito. – È un messaggino! – gongolò Bea aprendo la bustina apparsa sul display.

Da: Mamma
Cocca, hai dimenticato la merenda! Baci.

– Non ci posso credere: è di mia madre – mugolò delusa.

Anna e Giacomo la osservarono basiti. Bea se ne accorse. – Be'? Che c'è?

Lui alzò le mani in segno di resa. – Niente, tesoro. Solo che, diciamolo, è molto strano vederti maneggiare il cellulare in modo così *ansioso*, ecco. Non è da te: sostenevi di essere, com'è che dicevi?, una "snob del cellulare"!

Lei sbuffò infastidita. – Le persone cambiano.

– Sì, come no! – intervenne Anna. – Cambiano e si brasano il cervello.

Ma Bea si era già incamminata sul vialetto che portava all'entrata del liceo, decisa a non parlare oltre di quella faccenda. Tanto meno con uno come Giacomo: simpaticissimo, ma pettegolo come un giornalista di *Novella 2000*.

Oltrepassò l'entrata e subito si sentì accolta e protetta. Possibile che fossero trascorsi già tre mesi dall'ultima volta che era stata lì?

Si guardò attorno, respirando a pieni polmoni: l'atrio enorme con le colonne di cemento, le piastrelle rettangolari bordeaux a terra, i termosifoni dove, in inverno, gli studenti si sedevano... Tutto aveva mantenuto un'aria così familiare! E a sedici anni, età in cui tutto cambia alla velocità della luce, è importante avere dei punti di fermi, anche se riguardano un misero termosifone.

La campanella suonò mentre Bea si stava dirigendo verso la I D, la sua nuova aula. Fu raggiunta di corsa da Anna e Giacomo. – E così ci siamo! – sospirò Anna accanto a Bea. – Inizia un nuovo anno.

– Già – commentò lei pensierosa, camminando e guardando dritta davanti a sé. – In realtà, il tempo che passa mi mette l'ansia: mi sembra ieri che ci siamo conosciuti in quarta ginnasio ed eravamo tre ragazzini.

– Sì, tre ragazzini brufolosi – aggiunse Giacomo.

– Ehi, parla per te! – disse Anna.

Giacomo incassò ridendo e poi si guardò attorno, notando i ragazzi dell'ultimo anno che si dirigevano verso le loro aule. – Per me la vera maturità inizierà solo quando saremo all'università: del liceo non ne posso già più.

Anna si girò a guardarlo con attenzione. – Ma perché hai questa smania di crescere? Non ti piace questa età?

Lui alzò le spalle. – Sì e no. Cioè, da una parte è bello essere così spensierati, dall'altra ho voglia di mettermi alla prova, costruirmi un futuro, avere una vita indipendente, fare quello che voglio senza dover rendere conto a nessuno...

– Il futuro te lo costruisci adesso, Giac – rispose Anna.

Lui alzò gli occhi al cielo. – Accidenti, Anna: quando fai la ragazza saggia e matura sei peggio di una zecca.

Intanto erano arrivati davanti alla loro classe e si affacciarono all'interno. Furono accolti da un boato: Bianchi, Donelli e Pizzicotti (i più casinisti) erano già dentro e stavano facendo il diavolo a quattro. I nuovi arrivati li salutarono con sonore pacche sulle spalle.

Sulla destra dell'aula, il gruppetto delle secchione se ne stava a chiacchierare amabilmente, come fossero damine dell'Ottocento davanti a una tazza di tè con i pasticcini. Anna e Bea andarono comunque a salutarle. Ma non ci fu molto tempo per raccontarsi chissà che, perché in quel momento comparve la prof della prima ora: con sommo orrore gli studenti scoprirono che la ferale Tubi, detta la Svalvolata, era stata riconfermata come insegnante di latino e greco.

La Tubi aveva circa sessantacinque anni. In passato era stata una colonna portante del liceo: chi passava sotto le sue grinfie aveva la sicurezza di poter affermare di avere *davvero* imparato non solo il greco e il latino, ma anche un infallibile metodo di studio, e di essere pronto a qualsiasi percorso universitario.

Ma con gli anni la Tubi era stata vittima di un esaurimento nervoso perché il marito l'aveva abbandonata. Ovviamente per una più giovane: un'insegnante di filosofia.

Da allora la Tubi non solo ce l'aveva a morte con tutte le insegnanti di filosofia - compresa la povera Bettini, quella della sezione D, che non riusciva a capire perché tanto astio nei suoi confronti - ma se la prendeva anche con gli studenti. Risultato: in classe, già da alcuni anni, la Tubi aveva perso qualsiasi freno inibitorio: dispensava tre e otto sul registro a seconda della simpatia, fumava in classe e parlava latino misto a dialetto. Insomma: ogni ora con lei diventava una roulette russa.

Quella mattina la Tubi, appoggiata allo stipite della porta, si presentava in tutto il suo splendore. Alta un metro e cinquanta (scarsi), fasciata da una maglietta di ciniglia viola e fuxia su un paio di pantaloni verdi. Un festival di colori.

Sul naso erano appoggiati un paio di occhialoni neri che la facevano assomigliare a Bono Vox degli U2 (anche se l'intento era quello di emulare Coco Chanel - peccato che di mezzo ci fossero trenta centimetri in meno di altezza e trenta chili in più).

Entrò con passo claudicante. – Buòn-giorno ragazzi! – disse mettendo l'accento sulla "o" e facendo una pausa dopo la "n", come se la parola fosse divisa in due.

La bocca, dipinta piuttosto malamente di un rosso pompiere, si aprì in quello che sembrava una via di mezzo tra un sorriso sghembo e un'alitata. A quel punto, dagli incisivi, si vide spuntare un'inquietante nuvola di fumo e tutti capirono che la prof era entrata con una sigaretta tra le dita. La prima di una lunga serie.

– Àl-lora – detto sempre come se fossero due parole – Spero che abbiate trascorso bene l'estate e vi siate riposati, perché quest'anno sarà molto, molto, molto faticoso!

Alla parola "estate" la mente di Bea ebbe una specie di scarica elettrica e il suo cervello andò in modalità stand by. Tra lei ed Edward era iniziato tutto proprio prima di partire per le vacanze estive. Anzi, per essere precisi, giusto il giorno prima di salire sull'aereo che l'avrebbe portata in Sardegna assieme a Carlotta, la sua amica storica.

Capitolo 2

Agosto

Dove tutto comincia

Con il ventilatore puntato sui piedi, Bea se ne stava distesa sul suo letto, a pancia in su, la testa appoggiata al cuscino messo un po' di sbieco sulla spalliera del letto. La luce intensa del primo pomeriggio filtrava dalle fessure della tapparella abbassata e Garibaldi, il gatto, era disteso placido sul davanzale, con la tipica tranquillità dei suoi simili. Le sue fusa si confondevano con il rumore delle cicale in giardino.

Sulla scrivania, proprio sotto la finestra, era abbandonato un trolley aperto, più vuoto delle città in agosto.

Gli occhi di Bea si perdevano tra le pagine del pesantissimo libro che teneva appoggiato sullo sterno, davanti al viso, *Twilight* di Stephenie Meyer: lo stava divorando e faceva fatica a staccarsene. Anche ora che avrebbe dovuto occuparsi di una cosa piacevole, come preparare le valigie per la sua prima vacanza senza genitori. Carlotta infatti l'aveva invitata a trascorrere le vacanze in Sardegna con sé e con la sua famiglia.

Bea e Carlotta erano amiche da sempre, dai tempi della scuola materna. Si erano conosciute sulla cosiddetta “moquette”: una stanza piena di giochi dove i bambini delle varie classi si ritrovavano a giocare. Telecronaca: un giorno Bea, della sezione arancione, appena arrivata sulla moquette adocchia una bambola abbandonata. Caso vuole però che la bambola venga intercettata anche da Carlotta, della classe lilla. Le due bambine iniziano ad avanzare verso la loro preda, prima camminando tranquille, poi, rendendosi conto di competere con un'avversaria, sempre più spedite. Con uno slancio dell'ultimo momento, Bea si impossessa per prima della bambola, ma subito Carlotta gliela strappa dalle mani con un ghigno. Bea se la riprende, solo dopo averla sonoramente sbattuta sulla testa dell'avversaria, che si mette a piangere. Morale: le due bambine vengono sgridate dalle maestre e costrette a giocare assieme. E, come per magia, scoprono che è molto più divertente dividersi la bambola di pezza.

Da allora Bea e Carlotta diventarono inseparabili, nonostante i caratteri completamente diversi e nonostante avessero preso, con il trascorrere degli anni, strade diverse: la studiosa Bea il liceo classico; la sognatrice Carlotta il liceo artistico. Il telefonino squillò. Bea ci mise un po' a realizzare che era il suo. Quando leggeva, le capitava sempre lo stesso fenomeno: estraniazione totale. E anche ora Bea non si trovava distesa sul suo letto, ma tra i boschi della cittadina americana di Forks, in mezzo a vampiri e licantropi. E non si chiamava Bea, ma Bella...

Il cellulare continuò a squillare, tanto che Diego, il papà di Bea, fece capolino dalla porta. – Bea? Rispondi o no?

La ragazza si girò a guardarlo con espressione assente.

Suo padre fece un passo avanti. – Il cellulare!

A quel punto Bea si risvegliò dal suo stato catatonico. – Sì, scusa hai ragione! –. Afferrò il telefono dal comodino. – Pronto?... Ciao Ciutz!

Ciutz era il nomignolo di Carlotta.

A quel punto il padre, dopo un'occhiata fin troppo eloquente della figlia (del tipo: "puoi andare, ora"), uscì dalla stanza. Bea lo sentì borbottare: «A volte 'sta ragazza mi fa preoccupare», ma non ci fece caso più di tanto. Anzi. Dovette fare uno sforzo per concentrarsi sulla voce di Carlotta e vincere la tentazione di continuare a leggere mentre parlava con lei. Chiuse il libro tentatore con un gesto secco e si mise a sedere a gambe incrociate sul letto.

– No, non ho ancora fatto la valigia... Ma sì, ma sì... tanto ci metto poco... Come? Mi avevi già mandato due sms?... No, non me ne sono accorta, scusa... ok. Ti chiamo io tra un'oretta, dopo aver preparato i bagagli, così ti dico che cosa ci ho messo dentro... Un bacio anche a te!

Mentre chiudeva la chiamata, Bea si accorse che, in effetti, le erano arrivati tre messaggini.

Da: Ciutz

Meglio costumi a triangolo o con le coppette imbottite? Quante magliette hai messo in valigia? Tacchi o facciamo "quelle che non gliene frega niente di queste cose"?

Bea si mise a ridere. Le sembrava di vederla, la sua amica Carlotta: un tutt'uno con l'armadio, mentre centrifugava fuori dalle ante tutto il suo guardaroba. Accessori compresi.

Aprì il secondo messaggino.

Da: Ciutz

Aiuto! La valigia non mi si chiude, rischia l'effetto "uovo nel microonde". Della serie: tra un nanosecondo esplode. Non so cosa eliminare: mi sembra tutto terribilmente indispensabile!

Rise ancora.

Poi vide che c'era un terzo messaggino: ma Carlotta non le aveva detto che gliene aveva inviati solo due?

Da: +39357685243

Ciao Matteo, sono l'amico di Ale. Nel pome potresti riportarmi L'amore ai tempi del colera*? L'ho prestato a tua sorella per l'interrogazione di italiano. Domani parto con i miei e vorrei rileggermelo in vacanza. Grazie!*

Bea rilesse tutto da capo: sicuramente era un errore, il messaggio non era per lei.

Bene. Valutiamo la situazione.

Ora, Bea avrebbe potuto fare come le altre volte che le era capitato un fatto simile: cancellare il messaggio e fine. Avrebbe potuto alzare semplicemente le spalle, o scuotere la testa e dimenticarsi dell'accaduto. Ancora meglio, una volta che aveva visto che il numero era sconosciuto, avrebbe potuto eliminare il messaggio senza neppure leggerlo.

Ma non fece nulla di tutto questo.

Bea appoggiò il cellulare sulla scrivania, vicino al trolley, e si mise a riempire la valigia con sguardo assente lanciando di tanto in tanto uno sguardo incuriosito al telefonino.

Che cosa l'aveva colpita di quel messaggio? Be',

prima di tutto il riferimento a uno dei suoi autori preferiti, Marquez. E poi, un ragazzo che si scomoda a mandare un messaggio a un amico per riavere un libro (e *che* libro!), da rileggersi sotto l'ombrellone in vacanza, era uno con i numeri. Senza contare che un maschio che legge faceva parte di una specie ormai in estinzione.

Insomma, Bea era intrigata.

Si sentiva a un bivio, come nel film *Sliding doors*, dove una piccola cosa come prendere o perdere la metropolitana può cambiare radicalmente la tua vita. Ma Bea pensò che queste cose in fondo succedono solo nei film... Così, mentre infilava distrattamente alcuni costumi nel trolley, rispose al messaggio.

Da: +39379869240

Non so chi sia Matteo e neppure Ale. Comunque complimenti per i gusti letterari: strano per un ragazzo!

Buone vacanze!

Bea schiacciò il tasto centrale e sullo schermo apparve la scritta INVIO MESSAGGIO IN CORSO, con una clessidra che si muoveva. In quel momento ebbe un fremito misto di paura («oddio, ma sono scema?!»), ansia («non fraintenderà mica?»), emozione («però è divertente...») e, se avesse potuto, avrebbe voluto afferrare la bustina che era apparsa sul display.

Messaggio inviato.

Il cuore le batteva forte, manco avesse fatto di corsa tutte le rampe di scale dei palazzi del circondario. Si sedette sul letto, con un sorriso idiota stampato sul viso.

Poi la razionalità ebbe il sopravvento. «Che stupida che sono» disse seria tra sé. «Che figura! Chissà cosa penserà...»

Appoggiò il cellulare e si rimise a fare la valigia. Tempo un paio di jeans e la pila delle mutande stipate in una tasca laterale...

BIIIP!

Era arrivato un messaggino.

Bea lo aprì trattenendo il respiro.

Da: +39357685243

Ovvio quindi che NON sei Matteo... E ovvio pure che sei una ragazza, vista la considerazione che hai dei ragazzi :-) *Posso sapere come ti chiami?*

A Bea scappò un sorriso. – Eh no! Niente nomi!

Si guardò attorno per trovare ispirazione: voleva trovare un nickname da usare. Sulla libreria vide una pila di Dvd e la sua attenzione fu attirata da quello di *Blade Runner*, di gran lunga il suo film preferito (gliel'aveva fatto scoprire suo padre. Tutte le volte che lo riguardava, durante il monologo finale di Roy, il replicante prodigio, piangeva come una fontana). S'illuminò e iniziò a digitare la risposta.

Da: +39379869240
Chiamami Roy.

Invio.

«Figuriamoci se capisce questo!» pensò divertita, già sicura di averlo affondato con quel preciso riferimento cinematografico. Avrebbe scommesso qualsiasi cosa che lo sconosciuto (chissà quanti anni aveva? Be', se parlava di interrogazione di italiano frequentava ancora il liceo...) non avrebbe capito: *Blade Runner* era un film "vecchio", per intenditori, per di più.

Trascorse qualche minuto.

BIIIP!

Da: +39357685243
Ok. Se tu sei Roy, io allora sono Deckard. Anche se mi sarei aspettato che, essendo una ragazza, avresti scelto Pris o Rachel, il nome di una delle due replicanti.

Bea si sedette sul letto, incredula. Continuava a guardare il cellulare con occhi da platessa (gli stessi che, da quel momento in poi, avrebbe sfoggiato ogni volta che avrebbe ricevuto un messaggio da *lui*).

– Nooo! L'ha capito... – sussurrò. – Conosce anche lui *Blade Runner*...

Rilesse il messaggio: non solo conosceva il film... ma lo sapeva *anche lui* a memoria, perché in due battute le aveva snocciolato tre nomi (pim, pum, pam!) e si era affibbiato quello di Deckard, il cacciatore di replicanti interpretato da Harrison Ford.

Bea non credeva ai propri occhi. Improvvisamente le venne da ridere.

BIIIP! Un altro messaggio.

Da: +39357685243

Senti, non ce la faccio proprio a chiamarti Roy. E poi, dai: alla fine del film lui muore... Se proprio non vuoi dirmi come ti chiami veramente, proponi un altro nome. Quello che vuoi.

Bea strinse gli occhi, come se volesse gettare da lontano un guanto di sfida. Vide *Twilight* appoggiato sul letto. Un lampo negli occhi.

– Vediamo cosa rispondi a questo...

Da: +39379869240

Che ne dici di "Bella"?

Chissà se conosceva anche lui il bestseller dell'ultima generazione: va bene che ne avevano tratto un film, ma non era così scontato che un ragazzo l'avesse letto.

E invece...

Da: +39357685243

Oh sì, molto meglio! E io mi chiamerò Edward. Sarò il tuo vampiro, mia dolce Bella. Attenta solo che non ti morda sul collo! :-)

Bea ci rimase secca.

In quel momento il telefono squillò facendola sobbalzare. Era Carlotta.

– Pronto?

– Bea, hai finito di fare quei bagagli? *Quante* valigie hai fatto?

– Quante? – ripeté Bea distrattamente. – Ehm... Una sola. Un trolley.

– Una *sola*?! Io ne ho due più lo zainetto! Temo che domani mi faranno pagare la sovratassa, al momento dell'imbarco.

– Mmm...

– Ma secondo te...

– Sì? Cosa?

– Quest'anno andrà di più la fascia per i capelli o le mollettine con gli strass?

– Boh...

– Va be', nel dubbio io porto tutti gli accessori.

– A-ha...

– Bea? Ma che hai? Mi sembri strana.

– Eh? No, no, niente. Anzi, tutto benissimo, tranquilla. È solo che... che devo fare ancora una marea di cose, ecco. Ti richiamo questa sera, così ci mettiamo d'accordo per domani, ok?

– Come vuoi tu. Comunque se hai bisogno di qualche consiglio di look io sono qui, eh!

– Ma certo, Ciutz. Un bacio.

Non appena chiuse la comunicazione, fece quello che già da un po' avrebbe voluto fare: salvò il numero di Deckard (anzi, Edward) sulla sua rubrica. E poi rispose all'ultimo messaggio.

Da: +39379869240

Devo ammettere che i tuoi gusti letterari e cinematografici mi hanno impressionata. Se continui così rischi di diventarmi simpatico... Ora però devo fare le valigie: domani parto per le vacanze.

Dopo neppure un minuto arrivò la risposta.

Da: +39357685243

Anche tu stai giocando bene le tue carte, cara Bella! Dove la trovo un'altra ragazza che conosce a menadito il mio film preferito? Comunque anch'io parto domani... Ora ti lascio preparare le valigie in pace, ma promettimi una cosa.

Bea non immaginava che cosa potesse essere la sua richiesta, ma ne era molto incuriosita.

Da: +39379869240
Cioè?

Aspettò trepidante il *BIIIP*, che di nuovo non tardò a farsi sentire.

Da: +39357685243
Che rimarremo in contatto per tutta la durata delle vacanze. Promettimelo, se no non parto! ;-)

Bea sorrise e rispose.

Da: +39379869240
Ah be', se è così, non posso averti sulla coscienza! Ok, ci sto.

Bea inviò l'ultimo messaggio tutta gongolante e finì di fare i bagagli con una strana sensazione di leggerezza addosso.

Il giorno dopo, Bea e Carlotta partirono per la Sardegna: Bea si presentò al check in con un mini-trolley, mentre Carlotta aveva due valigie enormi che gridavano vendetta da quanto erano piene.

– Ma come hai fatto a farci stare tutto?! – chiese Carlotta incredula.

– Dipende che significato dai al termine "tutto", Ciutz! – la prese in giro Bea.

Carlotta le fece una linguaccia e poi notò (cosa piuttosto bizzarra) che l'amica teneva il cellulare in mano.

– Stai aspettando una telefonata di Brad Pitt e non me lo vuoi confessare? – chiese, indicando il cellulare con un cenno del mento, mentre appoggiava le sue mega-valigie sul nastro trasportatore.

Bea arrossì. – Stupida...

Ma Carlotta non demordeva. – Mi rispondi o no? Da quando in qua stai con il cellulare appiccicato?

– Uffa! Che piattola! –. Poi, vedendo che Carlotta la guardava con un'aria che era un misto tra l'interrogativo, il curioso e il contrariato, capì che un minimo di spiegazione doveva dargliela.

– Ok... Allora, ieri mi è arrivato questo sms. È iniziato tutto per caso... Cioè, è una cavolata... Solo che mi ha incuriosito, ecco. Parlava dei miei libri preferiti... Conosceva *Blade Runner*...

Carlotta la guardò con un sopracciglio alzato. – Non

ci ho capito una cippa. Puoi procedere con ordine? Sai che il mio cervello è limitato.

Bea sbuffò e intanto mise il suo trolley sul nastro trasportatore.

– Ok, ricomincio. Allora, ieri mi è arrivato un messaggino da parte di un ragazzo che aveva sbagliato numero. Tu lo sai come sono fatta, no? Di solito non ci faccio neanche caso e cancello. Ma questa volta, non so perché, ho risposto d'istinto. Non so, forse perché non era il solito sms stupido, scritto con le abbreviazioni. Pensa che parlava di libri!

– Incredibile! – fece Carlotta, mostrando finto interesse e incrociando le braccia sul petto. – Addirittura... libri! DA BRIVIDO!

Bea la fulminò. – Volevo dire che, a sensazione, sembra un ragazzo diverso dagli altri. Con qualcosa da dire, ecco.

– Ah be', dopo la storia con Federico mi rendo conto che una come te possa attaccarsi anche a questo genere di cose: messaggini anonimi che parlano di libri!

Bea agitò una mano davanti alla faccia, come per farsi aria. – Non farmici neppure pensare, a Fede. Per me quella storia è morta e sepolta.

– Sì, ma non per lui! Anche ieri mi ha chiamato per sapere di te e se per caso andavamo in vacanza assieme.

Bea sgranò gli occhi. – Nooo! E tu che cosa gli hai risposto?

– La verità.

Bea si colpì la fronte con una mano. – Sei matta, Ciutz?! Adesso come minimo mi tempesterà di chiamate, sapendo che sono sola con te in Sardegna! Ma come ti è venuto in mente?

– Guarda che tanto l'avrebbe saputo comunque. Ed è sempre meglio dire la verità, no? Ce l'hanno insegnato da piccole! – le fece l'occhiolino.

Bea sospirò rassegnata. – Dai, andiamo a imbarcarci – disse prendendo l'amica sottobraccio. – A quale gate siamo?

Il loro mese di vacanza trascorse meravigliosamente. D'altra parte erano due ragazze di sedici anni, carine, allegre, spensierate, che si trovavano in un posto magico come la Sardegna. Cosa chiedere di meglio?

Inoltre il papà e la mamma di Carlotta (che, al momento della loro partenza, le stavano già aspettando lì) erano di quei genitori molto rilassati, che danno libertà e fiducia. Ora, libertà e fiducia sono già di per se stesse doni incredibili, per delle sedicenni. Se vissute al mare, poi, diventano il lasciapassare per la cuccagna.

Il segreto era non approfittarne troppo e dimostrare

sempre di meritarsele. Quindi le giornate di Beatrice e Carlotta si svolgevano grosso modo così: sveglia né troppo presto né troppo tardi (mai dopo le dieci), colazione, spiaggia, bagni in mare (spesso snorkeling), libri sotto l'ombrellone (per Bea; Carlotta si limitava a qualche giornale di gossip, che leggeva commentando a voce alta e cercando di coinvolgere l'amica), windsurf, partite di beach volley, doccia a casa, cena, scelta del look per il gelato in piazzetta.

Federico, l'ex ragazzo di Bea, la chiamò effettivamente un giorno sì... e un altro pure, tanto che ormai lei non rispondeva più al telefono. La motivazione era sempre quella: controllare cosa facesse e chiederle per l'ennesima volta di tornare assieme.

La loro storia era durata circa due mesi, ma lei si era resa conto quasi subito che Fede non era il suo tipo e dopo un po' l'aveva lasciato. Erano troppo diversi: la personalità di Bea, frizzante e indipendente, non si combinava con quella superrigida di Fede.

Fede aveva reagito come avrebbe fatto qualsiasi ragazzo di diciassette anni, molto carino e molto viziato, abituato ad avere tutto: non aveva sopportato di essere stato scaricato. Anzi: questo aveva contribuito a farlo intestardire ancora di più nel volere Bea per sé. Peccato che aveva adottato la tattica (sbagliatissima) di tampinarla con messaggi e telefonate.

All'inizio Bea era stata gentilmente ferma nel rinnovargli il due di picche. Ma poi, esasperata da tanta insistenza, aveva cominciato a trattarlo male sperando di farlo desistere una volta per tutte. Tutto inutile.

La vicenda l'aveva così infastidita che Bea si era ripromessa di rimanere sola per un po': basta ragazzi che avevano poco da dire! E Fede aveva *decisamente* poco da dire.

In quei giorni in Sardegna, però, l'attenzione di Bea era tutta sullo scambio di mille messaggi con Edward (scambio che contribuì ad arricchire di parecchio le compagnie telefoniche). In quasi venti giorni di vacanza andò in fumo una ricarica da cinquanta euro (tanto che, al suo ritorno, papà Diego si raccomandò con la figlia di darci un taglio e l'avvertì che non ci sarebbero state altre concessioni fino agli inizi di settembre).

Se non altro, tutto questo scambio di sms servì a Edward e Bella per conoscersi meglio e scoprire che avevano gli stessi gusti non solo riguardo ai libri. E che adoravano scherzare...

Da: Edward

Sto rileggendo L'amore ai tempi del colera *(alla fine, Matteo non me l'ha portato, quindi ho dovuto ricomprarmelo prima di partire per le vacanze).*

Ma quanto è bella la storia d'amore tra loro due?

Da: Bella

Stupenda... Spero prima o poi di viverne anch'io una così speciale... Ma magari coronando il mio sogno d'amore prima di «cinquantatré anni, sette mesi e undici giorni»!

Da: Edward

Lo spero anch'io per te: sarebbe un'attesa un po'... lunga, non trovi?! :-) *Comunque è una storia incredibile, che ti entra nelle ossa e ti fa vibrare il sangue. Lui è così... devoto. Ecco, sì: "devoto" è la parola giusta.*

Da: Bella

Molto romantico...

Da: Edward

Sì, ma anche fermo e passionale.

Bella, sai una cosa incredibile? Sei la persona più interessante che abbia "incontrato" (si può dire anche nel nostro caso?) negli ultimi anni.

Da: Bella

Però, sei messo bene! :-D *Quindi, seguendo il tuo ragionamento, io sarei il tuo... passatempo?!*

Da: Edward
Che sciocca che sei!... Sei un'adorabile sciocca! Ciao, pulce.

Da: Bella
:-)) *perché "pulce"?*

Da: Edward
Non so... Mi dai l'idea di essere una ragazza minuta, piccola come una pulce!
Senti, ti va se prenoto due biglietti per l'America Latina, io e te? Partiamo a settembre? Fuggiamo via da tutto e da tutti.

Da: Bella
In tutta onestà preferirei la Nuova Zelanda, ma non voglio impormi come al solito. Poi dici che sono una dittatrice! :-P

Da: Edward
Tasmania o niente.

Da: Bella
Ok, farò uno sforzo. Ma solo perché cominci a starmi simpatico.

Da: Edward
Senti, abbiamo un problema: ormai sono tossico dei tuoi messaggi. Drogato marcio. Ogni giorno, ogni ora, ogni minuto aspetto con impazienza i tuoi sms.

Da: Bella
Allora siamo in due.

Da: Edward
Ah sì? Anche tu aspetti con impazienza i TUOI messaggi?

Da: Bella
Sciocco... Sei un adorabile sciocco. :-P

Da: Edward
Ehi, pulce, non rubarmi le battute! Senti, ma si può sapere dov'eri durante gli anni scorsi, eh?

Da: Bella
Qui.

Da: Edward
No che non eri qui. Eri lì. E anche adesso sei lì, accidenti, e vorrei tanto sapere dove.

Da: Bella

Eh eh, non vale! Niente informazioni su di noi.

Da: Edward

Mmm... Che odiosa!

Da: Bella

L'hai scoperto solo ora? Gne gne...

Da: Edward

Senti, odiosa, facciamo un gioco, per vedere la nostra compatibilità di gusti. Se ti dico "Ho visto cose...", come prosegui?

Da: Bella

Tzè, troppo facile: "... che voi umani non potreste immaginare. Navi da combattimento in fiamme al largo dei bastioni di Orione...". Continuo o ti stai leccando le ferite?

Da: Edward

Ferite?! Mi dovresti solo ringraziare: sono stato mooolto buono a citare il monologo finale di Blade Runner. *Ma era un test per vedere se è vero che lo conosci a memoria.*

Da: Bella

Be', direi che ti ho schiacciato! Tocca a me. Rimaniamo sui film... (Guarda che io sono una bomba, sul cinema!) Continua questa frase e dimmi chi l'ha detta: "Sei solo chiacchiere e...".

Da: Edward

Pivella! "... distintivo": Robert De Niro in Gli intoccabili, *quando recita la parte di Al Capone.*

Da: Bella

Wow! Incredibile! Non è che eri connesso a Internet e hai barato?

Da: Edward

Te lo do io, Internet! ;-) *Ora ti devo lasciare, pulce. Anche se starei ore a chiacchierare con te.*

Capitolo 3

Settembre

Dove non tutti gli incontri sono piacevoli

– Zanardiii?

Sentendo pronunciare il suo cognome, Bea sussultò.

La Tubi, la prof di latino e greco, la stava guardando da sopra gli occhiali mentre i compagni di classe erano girati verso di lei e ridacchiavano. Giacomo sghignazzò sussurrandole: – Ora sei davvero nei casini.

La Tubi buttò fuori dalla bocca una nuvola di fumo e intanto continuò a squadrare Bea. – Mi sembra, Zanardi, – disse lentamente – che la tua testa sia ancora in vacanza! Ci muoviamo a tornare alla realtà, o no?

Bea arrossì.

– Zanardi? Hai perso la lingua? –. La Tubi buttò fuori un'altra boccata di fumo. Cominciava a innervosirsi: non sopportava quando qualcuno rimaneva impacciato senza dire niente.

– Oh! Allora?

Bea non sapeva che rispondere: qualsiasi cosa avesse detto sarebbe risultata fuori luogo. Giacomo continuava a sghignazzare sotto i baffi, pregustando la scenata che avrebbe avuto luogo di lì a poco. Non era cattivo, era semplicemente un eterno buffone, che prendeva tutto sul ridere. Ma in quel momento Bea avrebbe tanto voluto strangolarlo. – La vuoi finire? – gli sussurrò a denti stretti.

Ma Bea aveva ben altro di cui preoccuparsi. Infatti la Tubi continuò. – Sai che ti dico, Zanardi? Renditi utile e va' fuori a prendermi un portacenere, ché qui sto facendo un macello...

Bea tirò un sospiro di sollievo: almeno sarebbe evasa per un po'! Si alzò e uscì veloce, dirigendosi subito verso la postazione delle bidelle all'entrata.

Erano in due: una mora corpulenta e dai tratti mascolini e una bionda, piccola e carina.

– Avreste, ehm... un portacenere da darmi? – chiese.

La bidella mora (che tutti chiamavano gentilmente "Mario", anche se si chiamava Maria) la guardò storto. – Un portacenere?!

Bea alzò le spalle, si avvicinò alla cattedra e rispose con aria complice: – È per la professoressa Tubi.

Al che, "Mario" alzò gli occhi al cielo. – Ossignore! La Svalvolata! Quella lì fa proprio quello che vuole, in classe! E noi – disse, rivolgendosi alla bionda, soprannominata "Hollywood" – tutto il giorno a lavorare e pulire, per spazzare via la sua cenere!

Mentre si lamentava, diede a Bea il portacenere. – E poi io dico: è questo il modo di insegnare ai ragazzi? Fumando in classe?! Ah, se ci fossi io a dirigere questa scuola...

Bea si allontanò con il vociare di "Mario" in sottofondo.

Ritornò in classe, aspettandosi di tutto. Appena entrata, vide che la Tubi aveva chiamato alla lavagna Moretti. Lui la guardava con aria terrorizzata, sicuro di trovarsi in un incubo: essere interrogato il primo giorno di scuola.

– Ehm, prof... questo dove lo metto? – chiese Bea timidamente, indicando il portacenere.

Ok, la domanda non era delle più riuscite, Bea avrebbe potuto appoggiarlo sulla cattedra, ma in ogni caso qualsiasi cosa avesse detto o fatto in quel momento sarebbe stata sbagliata. La Tubi, già inviperita perché Moretti non sapeva tradurre una semplice frasetta in greco, si girò di scatto e la fulminò. – Ma dove cavolo lo vuoi mettere?! – urlò furibonda. – Non capisci niente, Zanardi! Sei una capra! Ca-pra!

La Tubi era talmente agitata che ballonzolava sulla sedia, con i piedi che non toccavano neppure per terra. Aveva il viso tutto rosso, sembrava stesse per avere un infarto.

Bea vedeva già i titoli dei giornali: *Professoressa del liceo classico muore per una domanda idiota*.

E ora? Che cosa doveva fare?

Professoressa e alunna si stavano guardando già da un minuto buono: la prima con gli occhi iniettati di sangue, la seconda con lo sguardo sbigottito.

Moretti, ancora alla lavagna, sperò che quell'istante durasse in eterno, visto che la Tubi si era dimenticata di lui.

Ora anche i compagni di classe di Bea non fiatavano; lo stesso Giacomo aveva incassato la testa nelle spalle, tipo tartaruga nel suo carapace.

Bea se ne stette ancora un po' davanti alla cattedra, fissando la prof con gli occhi spalancati e cercando di trattenere il respiro, come se quel semplice gesto di sopravvivenza potesse urtare oltremodo i nervi già provati della professoressa. Poi, senza aggiungere altro (aveva parlato fin troppo!), appoggiò il portacenere e tornò al posto in punta di piedi.

La campanella suonò ad annunciare l'intervallo e tutti gli studenti della scuola si riversarono nei corridoi e in cortile.

Bea uscì alla ricerca della luce del sole: ne aveva proprio bisogno dopo quella mattinata.

Uscì schermandosi la fronte con una mano e raggiunse il gruppo della sua classe (lo "zoccolo duro", come dicevano loro) formato da Anna, Giacomo, Moretti, Pizzicotti, la Ceriani.

– Cominciamo bene – disse Bea avvicinandosi. – Se questi sono i presupposti per il nuovo anno scolastico, grazie, ma fatemi scendere!

Anna le sorrise e le circondò le spalle con un braccio. – Dai, lo sai com'è fatta la Tubi. Oggi è toccato a te, domani sarà il turno di qualcun altro, e sarà così fino a giugno.

Moretti intervenne. – E poi di che cosa ti lamenti? A te ha dato solo della capra, mentre io mi sono preso un quattro sul registro!

Bea si sentì in colpa. – Hai ragione, scusami. Ma vedrai che poi non ne terrà conto...

Moretti sospirò.

Poi Bea si rivolse a Giacomo con espressione contrariata. – Certo però che tu potevi anche evitare di sghignazzare!

Lui sbuffò. – Mamma mia, Bea, non ti si può più dire niente. Su! Un pizzico di humour in più!

Bea si sedette vicino ad Anna, che prese le sue difese. – Però tu Giacomo a volte esageri. Questa mattina l'atmosfera con la Tubi era pesante e tu non hai avuto un minimo di rispetto nei confronti di Bea.

– Oh, Anna, non ti ci mettere anche tu... –. Giacomo si alzò di scatto, infastidito dal tono serio di quella conversazione. – Mi sa che siete tornate tutte e due inacidite dalle vacanze!

– Magari siamo solo maturate, che dici? – rispose Bea pungente. – C'è il momento di scherzare e il momento di stare seri. Dove stai andando?

Giacomo aveva voltato loro le spalle e si stava allontanando. – Vado a chiacchierare con persone più simpatiche.

Rimasero tutti in silenzio per un attimo. Bea era quella che ci era rimasta peggio.

– Vedrai che gli passerà – disse la Ceriani. – Giacomo fa sempre così quando sa di avere torto.

– Vero – aggiunse Anna. Poi cambiò discorso. – Quindi? Adesso cosa prevede il menù della giornata?

– Matematica con il Lexotan.

– Chi? Miotti?

– Sì. E poi a casa, finalmente – rispose Pizzicotti stirandosi sulla panchina. – Ragazzi... Questo primo giorno di scuola mi ha già devastato.

– Non dirlo a me! – mormorò Bea.

In quel momento la loro attenzione fu attirata da un animato tono di voce che proveniva da dietro la siepe alle loro spalle.

– Insomma, Andrea, non dire che non te l'avevo

detto! Vuoi che mi dimentichi di dirti della festa dei Pizzolato?! Uno degli appuntamenti più *cool* di settembre? *Anyway*, voglio che ti presenti a casa mia intorno alle otto, intesi? Non mi deludere, *my little boy*.

Bea e Anna si guardarono e capirono in un baleno che stavano pensando la stessa cosa: ma chi era quella ragazza isterica che parlava come Garrison di *Amici*?

Scoppiarono a ridere, seguite a ruota dagli altri compagni.

In quel momento si scoprì chi c'era dietro la siepe, perché ne uscirono due visi piuttosto noti a scuola: Camilla e Andrea, due ragazzi dell'ultimo anno.

Camilla agitò i lunghissimi riccioli dorati mentre si avvinghiava a lui, esplodendo in una risata bambinesca. Non si capiva se Andrea, il suo ragazzo, capelli scuri e occhi azzurro-blu, ne fosse contento o infastidito. Si notava solo che era cosciente di essere osservato, di avere un pubblico, quindi fece prevalere l'espressione contenta, quella da "guardate che bella coppia che siamo".

Bea storse il naso. – Ma perché lei si atteggia in quel modo? – sussurrò ad Anna, mentre Ken e Barbie sfilavano di fronte a loro.

Anna si girò verso Bea. – Mi sembra di ricordare che sua mamma sia di Londra.

– Oooh... *Molto pittoresco* – scherzò Bea. Le due

amiche scoppiarono a ridere, ma questa volta la loro risata non passò inosservata ai diretti interessati.

Andrea le squadrò da lontano puntando lo sguardo dritto su Bea, che si sentì sprofondare. Possibile che l'avesse sentita?

Lo vide serrare la mascella e poi, stringendo un braccio intorno alle spalle della sua ragazza, incamminarsi verso di lei.

Si piazzò davanti. – Hai qualche problema? – le chiese con voce tagliente.

Bea arrossì, non sapendo bene come reagire. – Io? Per nulla... – rispose a bassa voce. «Che figura!» pensò.

– Ottimo. Perché non è molto carino prendere in giro le persone, ragazzina – disse lui, rincarando la dose di vergogna che Bea stava provando.

Ragazzina?!

A quel punto intervenne Camilla la Barbie che, gettando la testa all'indietro, sentenziò: – Andrea, *darling*, lascia stare! Ma l'hai vista?! È una piccola *nerd*! –. Poi fece una pausa, che impiegò per squadrare Bea. Sul viso le si dipinse un'espressione di disgusto. – È una vera *loser*.

Ora, se c'era una materia che Bea sapeva bene era proprio l'inglese, quindi, dopo aver sentito quel termine, il sangue le andò alla testa. Si avvicinò a

Camilla, incurante della mano di Anna che cercava di trattenerla.

– *Perdente* sarai tu, riccioli d'oro! – le sibilò. Poi si girò verso Andrea e gli puntò l'indice contro. – E per quanto riguarda te e la tua paternale "politicamente corretta", sappi che è molto più innocente quello che ho detto io della cattiveria uscita dalla bocca della tua ragazza!

Camilla sgranò gli occhi e si girò a guardare Andrea, come per dire: "Ma non le dici niente?!".

Li salvò il suono della campanella: l'intervallo era finito.

Bea fissò tutti e due ancora un attimo, con le gambe che le tremavano un po'. Poi girò sui tacchi e rientrò nell'aula.

La lezione di Miotti, il prof di matematica (che tutti chiamavano Lexotan), fu meno soporifera del solito. Ma Bea non ascoltò nulla di quello che spiegava il professore, perché era ancora frullata dalla prima parte della mattinata. Quel giorno si stava rivelando davvero movimentato. Troppo.

Prima la Tubi con le sue pazzie. Poi la coppia da Mulino Bianco... odiosa. Le tornò in mente il viso sprezzante di Camilla e le venne voglia di dare un pestone per terra dal nervoso. E lui, poi, che faccia da schiaffi aveva?!

Senza accorgersene, Bea lanciò una specie di

grugnito di fastidio, tanto che i compagni vicino, tra cui anche Anna, si girarono a guardarla. L'amica le fece un gesto piuttosto eloquente, battendosi un indice sulla tempia ("Ma sei impazzita?!").

Lexotan, in ogni caso, non si accorse di nulla, tutto preso dalla sua *interessantissima* lezione.

Finalmente suonò la campanella: quel primo faticoso giorno di scuola era terminato.

Di nuovo l'atrio della scuola pullulava di studenti, come era successo la mattina presto, solo che questa volta tutti avevano le facce meno pimpanti.

Bea, Anna e Giacomo (a cui era passato il "momento scurububu", come lo chiamava Anna) si diressero alle rastrelliere e slegarono le bici, ma Giacomo abbandonò subito le amiche. – Ragazze, io scappo: sono a pranzo da mio padre e vado dalla parte opposta alla vostra.

– Ok, Giac! A domani – rispose Anna.

Si scambiarono tutti e tre un bacio sulle guance e lui uscì dal cortile.

Le due amiche fecero un pezzo di strada assieme e poi si salutarono all'altezza del semaforo di via Palestro: Anna continuò dritto verso il centro, mentre Bea girò a sinistra verso le mura.

Mentre passava sotto la porta delle mura antiche, Bea pensò che quella sera una bella corsa non gliel'avrebbe tolta nessuno. Era troppo carica dalla giornata: aveva bisogno di sfogare tutto il nervosismo accumulato.

In quel momento il cellulare fece *BIIIP!*

Da: Edward

Bella, ma dove sei?! È da questa mattina che avrei bisogno di una tua parola. Oggi è ricominciata la scuola: giornata troppo strana! Fatti sentire, ti prego. Bacio.

Bea piagnucolò, pervasa da una sensazione d'impotenza, e mise via il cellulare. Basta, aveva deciso: sarebbe scattato il piano "impietosimento genitori".

– Mammaperpiaceremifaiunapiccolaricarica???

Lo disse proprio così: tutto d'un fiato e stringendo gli occhi. Bea avrebbe voluto che sua madre non capisse bene la domanda e rispondesse di sì soprapensiero. Ma lei non era quel genere di persona. Anzi: soppesava ogni singola parola che veniva detta (costruzione della frase compresa). Forse c'era un po' di deformazione professionale in tutto questo, visto che faceva l'insegnante d'italiano alle scuole medie.

Quindi la domanda rimase sospesa nell'aria, pronta per essere vagliata e sezionata da sua madre, come fosse un agente dei Ris.

– Vuoi dire che hai già finito l'ultima ricarica? –

chiese con la sua solita voce pacata che contrastava con l'espressione basita. – Bea, non è da te usare il cellulare in modo selvaggio. Sei sempre stata attenta a fare economia. Che succede?

Mamma e figlia si guardarono, poi Bea abbassò lo sguardo, imbarazzata. – Lo so, mamma. Infatti questa volta è un'emergenza... Davvero.

La madre la guardò di sottecchi. – Bea, mi devi dire qualcosa?

A quel punto Bea non seppe davvero che fare. Raccontarle tutto o tenere il segreto per sé? Finora aveva sempre parlato di tutto con i suoi, tra loro non c'erano mai stati misteri. Sua mamma e suo papà erano il tipo di genitori che preferiva costruire con i figli un rapporto paritario, fatto di rispetto reciproco. Per questo Bea non aveva mai avuto bisogno di mentire.

Ma quella volta decise di non raccontare niente. – No, mamma, non c'è nulla. Ho fatto solo qualche telefonata in più... Ho esagerato un po', tutto qui.

La madre guardò Bea ancora per un istante (che non finiva più) e alla fine prese la sua decisione. – Va bene, ti pago una piccola ricarica d'emergenza. Ma d'ora in avanti, se per caso avrai bisogno di più soldi per le tue... –. Fece una pausa significativa, di una che la sapeva lunga: una pausa che voleva dire tante cose insieme: «Guarda che sono stata giovane anch'io», «Magari questa è una cosa seria», «Me lo racconterà quando sarà pronta», «Non forziamo la mano», «Stasera ne parlo con suo padre».

– ...*cose* – continuò – allora dovrai trovarti un piccolo lavoretto, per avere qualche entrata in più.

La bocca di Bea si allargò in un sorriso. – Certo, mamma. Sono d'accordo. Anzi, avevo pensato anch'io a una soluzione del genere.

– Ottimo. Allora ti faccio una ricarica da dieci euro, intanto.

Bea le saltò al collo. – Oh grazie mamma! Ti prometto che non succederà più!

Lei le sorrise con dolcezza. – Lo so, Bea. Ora mi aiuti ad apparecchiare?

– Ma certo!

Era così felice che sarebbe stata disposta a fare le faccende di casa per un mese intero.

Da: Bella

Eccomi! Edward, avevi indovinato: emergenza ricarica. Per ora risolta, ma dovrò trovare un modo per spendere meno... O per guadagnare qualche soldo!

Anche la mia giornata è stata pazzesca: pensavo di essere finita su Scherzi a parte*! Certo che esiste gente ben strana, al mondo... Non trovi?*

Bea si mise a studiare, con il cellulare ben posizionato davanti al libro: non si poteva mai sapere.

Controllò ancora una volta le versioni di latino e greco che aveva fatto in vacanza, nel caso che il giorno dopo la Tubi la chiamasse alla lavagna per correggerle (ci mancava anche un quattro sul registro, dopo la sfuriata di quella mattina).

BIIIP! Non era Edward. O meglio, non lui direttamente.

Da: CENTRO SERVIZI

Abbiamo provveduto a registrare una nuova ricarica di 50 euro sul vostro numero.

Bea capì subito chi era stato a farle quel regalo: qualcuno che stava dimostrando di essere molto più che un semplice amico di sms. Quel gesto la colpì e la commosse allo stesso tempo.

Da: Bella

Non so che cosa dire... Grazie, Edward.

Da: Edward

Infatti non devi dire niente, Bella. E comunque stai tranquilla, perché è un gesto molto più egoistico di quello che pensi: semplicemente non sopporterei di non ricevere più i tuoi messaggi! ;-)

Bea sorrise, inclinando la testa di lato.

Sospiro.

Un altro sospiro.

Poi guardò l'orologio: le 18.00. Ottimo: aveva giusto il tempo per farsi una bella corsa sulle mura della sua città!

Bea si guardò allo specchio, ispezionandosi dalla testa ai piedi: aveva indossato un top nero di tessuto tecnico e un paio di pantaloncini grigi. Ai piedi il suo affezionatissimo paio di Nike superammortizzate, ideale per la corsa off road.

Prima di uscire dalla sua stanza, prese il suo inseparabile iPod da attaccare all'elastico dei pantaloncini. Track list? Negramaro, ovvio.

Era pronta.

– Ciao mamma, io vado a correre! Non porto le chiavi, quando torno mi apri tu? – disse a voce alta, sulla porta.

– Certo, ciao! – le urlò Eleonora dal salotto.

Bea uscì tutta pimpante: le piaceva avere la prospettiva di una cosa bella da fare. In questo caso una corsa nell'aria tiepida di settembre.

Scelse una canzone lenta e iniziò a correre con calma, a passo regolare e cadenzato. La gente tornava a casa dal lavoro, alcuni in macchina o in bicicletta. Bea attraversò la rotonda e raggiunse lo scalone che portava sulle mura, a sud della città. Salì i gradini di corsa.

La prima canzone finì per lasciare il posto a una molto più scatenata, *Nuvole e lenzuola*. Bea cominciò ad aumentare il passo, euforica. La canzone dei Negra a palla, la luce del tramonto che illuminava le mura, il caldo che le ricordava l'estate: pian piano si rappacificò con se stessa e con la giornata trascorsa.

Mentre correva incrociava tantissime persone che, come lei, cercavano relax in quello sfogo fisico serale. Ragazzi, adulti, anziani... C'era un po' di tutto. Ma ognuno aveva un'espressione rilassata.

Tump tump tump tump. I passi di Bea si confondevano con il battito del cuore, che le rimbombava in gola. Pensò che forse aveva esagerato con il ritmo e decise di rallentare.

Arrivò alla fine del primo tratto di strada, dove c'era la farmacia. Scese per il sentiero asfaltato, attraversò la via e risalì il secondo bastione. Quel tratto era molto più esposto all'aria e Bea sentì un refolo di vento accarezzarle il corpo.

Altra gente, altre persone che correvano: ne conosceva parecchie e quando incrociava qualcuno lo salutava. Il popolo dei corridori era fatto così: una piccola comunità.

Ma poi lo vide. Era Andrea, Ken-di-Barbie, il ragazzo con cui aveva discusso quella mattina.

Stava arrivando dalla curva che immetteva nell'ultimo tratto, prima dell'inizio del terzo bastione. Correva affaticato, anche lui con l'iPod nelle orecchie.

Bea fu tentatissima di tornare sui suoi passi alla velocità della luce: magari lui non l'aveva ancora vista. Ma, proprio mentre stava per farlo, lui si accorse di lei, quindi le toccò proseguire per forza.

Notò che Andrea accelerò subito l'andatura e il suo passo, prima strascicato, si fece baldanzoso. Strinse la mascella. «Corri, corri... tanto, a questa velocità non arrivi neppure alla fontanella» pensò lei.

S'incrociarono. Bea si girò volutamente dall'altra parte. Ognuno proseguì per la sua direzione, opposta a quella dell'altro, continuando a correre, dritti e orgogliosi.

Bea si gettò sotto la doccia e rimase immobile a godersi quel momento. *Almeno quello,* visto che la tranquillità della corsa era stata rovinata! Infatti, dopo l'incontro con Andrea, le era venuto un tale nervoso che si era messa a correre a manetta senza girarsi mai indietro. Aveva percorso il resto delle mura a velocità record, tanto che sua madre si era stupita di vederla arrivare a casa così in anticipo.

– Ti stai allenando per battere il record alla prossima maratona di New York e non me l'hai detto? – le aveva chiesto, facendola entrare.

Bea si era precipitata a fare la doccia. Prima però era passata nella sua camera per controllare il cellulare. Niente, nessun messaggio.

«Che giornata...» aveva pensato, delusa.

E ora, con il viso rivolto verso il getto, sperava che l'acqua facesse scivolare via tutte le tensioni accumulate.

Ma improvvisamente, mentre si lavava i capelli, le toccò balzare fuori dalla doccia.

– CHIUDETE L'ACQUA PER FAVORE!!! – urlò, con la testa ancora insaponata.

A casa Zanardi, quando si apriva il rubinetto in cucina, la doccia diventava ghiacciata.

– Uffa ma che altro può succedere oggi... Non vedo l'ora di andarmene a letto! – piagnucolò Bea.

– L'ACQUAAA!!!

ottobre

Capitolo 4

Dove qualcuno vorrebbe che tutto restasse com'è, e qualcun altro no

La temperatura calda di fine estate si era lentamente dissolta nelle prime nebbie autunnali.

Era trascorso più di un mese dall'inizio della scuola, e nella I D si era già stabilita una certa routine. Erano iniziate le prime interrogazioni, i compiti in classe d'italiano, le versioni di latino da tradurre con il Castiglioni-Mariotti e quelle di greco con il Rocci, i pomeriggi trascorsi a studiare con gli amici. E poi via in centro in bicicletta, con l'umidità che arricciava i capelli, a fare due chiacchiere sotto la statua del Savonarola.

Bea e il sempre misterioso Edward continuavano a comunicare tramite sms, ma avevano deciso di sfruttare anche Skype e Facebook, per risparmiare un po' sulle ricariche telefoniche. Ovviamente usavano gli stessi nickname e si erano creati account nuovi, per rimanere sempre nell'anonimato: questi erano i patti.

In ogni caso, Bea era rimasta dell'idea di cercarsi un lavoretto per guadagnare un po' di soldi in più e lo trovò proprio grazie a sua madre, perché un giorno...

– Iuhuuu! – cantilenò Eleonora rientrando a casa da scuola. Era mercoledì, giorno in cui aveva lezione fino a tardi. Trovò figlia e marito che stavano preparando rispettivamente tavola e pranzo. – Ciao a tutti!

Baciò il marito, poi annusò la pentola del sugo. – Mmm! Olive e capperi! Ma qui si fa sul serio!

Diego era tutto orgoglioso. – Se un giorno mi andasse male come dentista, mi metterò a fare il cuoco.

– Lascia stare, papà, – fece Bea ridendo – meglio che ti dedichi al trapano.

– Aspetta a parlare! – rispose lui, agitando il mestolo. – Voglio vedere se avrai ancora da criticare dopo avere assaggiato questa pastasciutta!

– Preferisco non rischiare... Non ci sarebbe una pizza surgelata?

Diego fece finta di tirarle il mestolo e Bea scappò via. Eleonora la fermò. – Vieni qui: ti ho trovato un lavoretto. Guarda –. E le porse un foglietto a quadretti, di quelli che si appuntano sulle bacheche.

Bea lesse a voce alta. – *Mamma di un'alunna di 12*

anni cerca giovane insegnante (possibilmente ancora studentessa) per ripetizioni d'italiano. Wow! Sembra fatto apposta per me!

– Anch'io l'ho pensato – disse Eleonora. – Italiano è sempre stato il tuo forte e secondo me ci sai fare con l'insegnamento. Se fossi in te chiamerei subito dopo pranzo. Non si sa mai che qualcun altro sia interessato e ti soffi il posto.

– Ok! Grazie mille, mamma! – Bea appoggiò il foglietto vicino al telefono.

Si misero a tavola e Bea dovette ammettere che la pasta che aveva cucinato suo padre era ottima. Poi, dopo aver sparecchiato, prese il telefono e chiamò il numero. Rispose direttamente la signora Gulinelli, mamma della sua futura alunna (che scoprì chiamarsi Diletta), e concordarono di vedersi nel pomeriggio: Bea sarebbe passata da loro per fare due chiacchiere, conoscersi e mettersi d'accordo per la prima lezione.

Quando riappese, era tutta emozionata. – Sììì!!! – urlò.

– Allora, com'è andata? – chiese Eleonora arrivando in soggiorno con una tazzina di caffè in mano.

– Pare bene! Andrò da loro nel pomeriggio per conoscerli – esclamò Bea. – Ora vado a fare i compiti, se no non ce la faccio a fare tutto.

Corse in camera ma, invece di mettersi subito a

studiare, accese il computer e provò a connettersi su Skype, sperando di trovare Edward in linea.

Il programma si aprì.

Parliamo.

«Eh, certo che voglio parlare» disse tra sé Bea, leggendo tutta gongolante la prima interfaccia.

Benvenuto su Skype.

Skype name... (Bea digitò "Bella")

Password... ("Beatrice")

Accedi.

Bea guardò la rotellina girare sul computer, segno che il programma si stava caricando. La finestra si aprì: Bea scorse velocemente tutti i nomi delle persone connesse... Edward! Eccolo!

Bella

Ciao! Speravo proprio di trovarti! Ti disturbo?

Edward

Ciao pulce!... Tu non mi disturbi mai!

Bella

Chiaro :-) Senti, ho delle belle novità. Forse ho trovato un lavoretto. Per ora non ti racconto altro per scaramanzia, ma spero davvero che vada in porto.

Edward

Grande! Fammi sapere...

Passarono alcuni minuti senza che nessuno dei due continuasse la conversazione, e Bea ci rimase un po' male. Ok che era stata lei a dirgli che non voleva raccontargli altro al riguardo, ma lui l'aveva presa proprio alla lettera!

Bella

Va be', magari sei iperimpegnato. Ti lascio alle tue cose, allora.

Edward

Non sono iperimpegnato. Anzi. È che ho la testa vuota e non riesco a fare nulla. Boh, oggi è una giornata un po' così... Ma non atteggiarti a musa ispiratrice, ora :-)

Bea sorrise: la conversazione stava diventando frizzante, come al solito. Bene: era l'Edward di sempre!

Iniziarono a punzecchiarsi.

Bella

Detesto le muse. Non servono a nulla. Preferisco essere il tornado che è entrato nella tua vita.

Edward

Questo è poco ma sicuro. A volte mi chiedo come abbiamo fatto a impelagarci in questo rapporto...

Bea rimase con il fiato sospeso. Dove voleva andare a parare?

Lui continuò a incalzarla.

Edward

Bella, tu non hai voglia di vedermi? Non vorresti sapere che faccia ho? Non sei curiosa? Non avresti voglia di parlare, ridere, scherzare... Insomma, fare le stesse cose che facciamo adesso ma uno di fronte all'altra, invece di essere nascosti da un monitor o da un telefono?

Bea spalancò gli occhi, allo stesso tempo attratta e spaventata da quella proposta.

Edward

La mia vita sta prendendo una piega strana, sto ripensando a tante cose. Certe situazioni non mi vanno più bene: voglio tagliare i rami secchi e coltivare le amicizie che davvero meritano. E penso che la nostra vada alimentata in modo diverso, ecco.

Bea era sempre più allibita. Cercò di rispondere qualcosa.

Bella

Noto una vena d'impazienza, oggi... A parte che

non sappiamo niente l'uno dell'altra: potremmo anche abitare a centinaia di chilometri di distanza. E poi lo sai quali sono i nostri patti, Edward.

Edward

LO SO quali sono i nostri *patti! È che...*

Bea non capiva cosa stesse succedendo: come può un rapporto che sta andando a gonfie vele avere improvvisamente una battuta d'arresto del genere? Perché forzare la mano, quando è tutto perfetto? Perché, perché, perché Edward stava rovinando tutto?!

Edward

È che mi manchi, Bella. Lo so, sembra assurdo, visto che non ci siamo mai visti faccia a faccia mentre, di solito, si sente la mancanza di una persona che si frequenta con regolarità... Appunto. Mi manca la tua presenza. Credo che sia proprio questo.

Bea rilesse cento volte quelle parole, ma continuava a non sapere cosa rispondere. Era sorpresa dalla piega che aveva preso quella conversazione, e forse anche un po'... arrabbiata, sì: Edward aveva dato un colpo d'acceleratore senza preavviso e lei non ci stava!

Lui continuò.

Edward

Senti, Bella. So benissimo che cambierebbe tutto, ma ti prego: pensaci. Secondo me conoscerci di persona non potrebbe farci che bene. Per quanto credi che potremmo andare avanti, così? Insomma, diciamocelo: questo non *è un rapporto. E io ho bisogno di parlare con te... ma di persona!*

Bea era sempre più confusa: aveva cercato di contattare Edward perché aveva voglia di raccontargli del suo nuovo lavoro e lui che cosa stava facendo? Stava distruggendo tutto!

Edward

Bella? Ci sei? Dì qualcosa, almeno. Sono qui come un cretino a chiedermi che cosa stai pensando.

Bella

Senti, ora devo proprio andare. Ne riparliamo più tardi, ok? Baci.

Senza lasciargli il tempo di rispondere, Bea uscì dal programma in fretta e furia. Spense il computer e rimase per un po' con lo sguardo fisso nel vuoto, oltre la finestra.

Alla fine si mise a studiare, ma non riusciva a concentrarsi.

Mancava un quarto d'ora all'appuntamento a casa Gulinelli, ma Bea era già per strada con la bici: voleva dimostrare di essere una ragazza seria e responsabile, arrivando per tempo (anzi, in anticipo) .

In realtà non doveva sforzarsi più di tanto, visto che di solito era proprio così che succedeva. Tanto che i suoi amici l'avevano soprannominata "orologio svizzero".

Le giornate si erano accorciate tantissimo e il sole stava già tramontando. Bea decise di percorrere le vie del centro, ricoperte di ciottoli; in effetti era scomodo pedalare su quelle strade, ma era così bello attraversare il centro storico della città! Bea adorava tutto ciò che era vecchio, che aveva una storia da raccontare. E quelle strade, che stavano lì da tanti secoli, le trasmettevano un senso di calore, di sicurezza, di eternità: erano la prova che le cose possono rimanere per sempre come sono.

La nebbia cominciava già a calare. Mentre pedalava, ripensò alla conversazione con Edward, che le aveva lasciato l'amaro in bocca. Non sapeva bene neppure lei il perché: si sentiva tradita e nello stesso tempo si chiedeva come mai lui avesse deciso *proprio ora* di giocare a carte scoperte. Gli era forse capitato qualcosa? O magari si era stancato? Cosa voleva dire «è ora di tagliare i rami vecchi»?

Senza neanche accorgersene, Bea arrivò a

destinazione. Scese dalla bici, la legò a un palo e lesse il nome sul citofono. *Gulinelli.* Ottimo.

Alzò lo sguardo. Era una casa a tre piani, antichissima, di quelle che piacevano a lei. I muri di pietra a vista erano consumati dal tempo, ma ben tenuti. I balconi in ferro battuto e coperti da tende a pacchetto bordeaux.

Suonò il campanello.

Trascorsero diversi secondi prima che il portone si aprisse e facesse capolino una ragazzina dai capelli lunghi e mori, gli occhi azzurri e il faccino buffo e sorridente. – Ciao! Tu devi essere Beatrice, la nuova insegnante, vero?

Ricambiò il sorriso. – E tu devi essere Diletta.

La ragazzina si spostò di lato per farla entrare. Bea varcò la soglia e si guardò attorno. L'ingresso corrispondeva esattamente a come se l'era immaginato: pavimento in cotto, soffitto con travi di legno scuro e, in fondo, una porta-finestra che dava su un giardino interno. Una meraviglia.

Sul muro a destra si apriva un arco, sopra il quale era dipinto un pergolato di glicini a *trompe l'oeil*. Dall'arcata partiva una scala in marmo.

Bea, così presa dalla contemplazione della casa, non si era neppure accorta che la ragazzina era già sulle scale.

– Non vieni?

– Sì, certo! –. Seguì Diletta salendo i gradini.

A un certo punto la ragazzina si fermò e le si rivolse con aria di cospirazione. – Ho chiesto io di avere un'insegnante giovane perché le professoresse vere mi mettono soggezione e alla fine non imparo niente. Per me è molto importante entrare in confidenza con l'insegnante... Sono sicura che tu sarai perfetta! –. Si avvicinò ancora di più. – Mi raccomando, faccia professionale con mia madre! Intesi?

Bea annuì, sorridendo a tanta franchezza.

Arrivate al primo piano entrarono in un salotto, al centro del quale c'era un enorme camino rotondo con attorno tre divani immensi. Bea notò che in quella casa ogni singolo oggetto era perfettamente intonato all'insieme. La padrona di casa doveva essere una donna di grande gusto.

– Buongiorno, Beatrice –. Bea si girò e vide una bellissima signora sui quarant'anni venirle incontro con fare altero, tendendole una mano ingioiellata. Bea le porse la sua, mentre il polso della signora tintinnava di braccialetti.

– Sono Giulia, la padrona di casa – proseguì con una forte "r" moscia.

Ecco, appunto.

– Nonché mamma di Diletta. Mi fa molto piacere incontrarti. Immagino tu abbia già conosciuto la mia piccola, no? Bene, – indicò il tavolo con un gesto elegante del braccio – perché non ci sediamo per chiacchierare un po'?

Mentre si avvicinavano a un tavolo antico in legno di ciliegio, Bea osservò Giulia: la piega freschissima sui capelli in stile Charlie's Angels, il viso stuccato dal fondotinta, la collana d'oro al collo, gli stivali con tacco del dieci. E che dire della nuvola di profumo in cui era avvolta, delle unghie laccate di rosso e della "r" moscia?

Garantito: si trovava di fronte una vera e propria dama dell'alta borghesia.

Una volta sedute, notò che Giulia la stava a sua volta esaminando, soffermandosi sulla maglietta, i jeans, le sneakers, il giubbotto. Bea, sentendosi improvvisamente inadeguata, chiuse d'istinto le mani per nascondere le unghie prive di manicure.

Giulia se ne accorse e alzò un sopracciglio.

– Bene, Beatrice, voglio essere sincera con te: io avrei preferito un'insegnante qualificata, laureata, con esperienza. Ma purtroppo con Diletta non c'è niente da fare. Lei è ancora *molto* infantile e ha bisogno di instaurare rapporti paritari, di fiducia, non so se mi capisci. Quindi, per farla contenta (e pur di vedere qualche risultato), ho deciso di gettare la spugna ed esaudire il suo desiderio: prendere come insegnante una ragazza giovane, alla pari, ecco, se così ti si può definire. Senza offesa, ovviamente...

– Ci mancherebbe.

Giulia annuì. – Ti racconto in breve la storia scolastica di Diletta.

Bea vide che la ragazzina abbassava lo sguardo e si torceva le mani.

– Già l'anno scorso è stato un delirio, – continuò la madre – un vero e proprio de-li-rio – scandì. – Fin da subito si è capito che l'italiano sarebbe stata il suo tallone d'Achille. Insufficienze che fioccavano a destra e a sinistra. Capirai il mio sconforto... Anche perché con suo fratello, che ormai va al liceo, non ho mai avuto questi problemi.

«C'è sempre un fratello secchione che ti fa sentire una schiappa» pensò Bea.

– A metà anno – continuò Giulia – decidiamo di mandarla a ripetizioni. La morale: Diletta si salva dalla bocciatura con una sufficienza stentata, ma mi fa promettere che non l'avrei più affidata alle mani di un'altra insegnante, a meno che non fosse stata una ragazza giovane.

Giulia emise un sospiro. – Ed eccoci qui.

Bea guardò prima la madre e poi la ragazzina, che teneva ancora gli occhi bassi.

Poi la signora batté le mani sul tavolo, in un tintinnio di bracciali. – Bene. Non ci resta che fare una prova, no? –. E rivolgendosi a Diletta: – Perché non fai vedere a Beatrice la tua camera e non vi mettete d'accordo per la prima lezione? Poi parleremo del tuo compenso. – Giulia si alzò, segno che per lei la conversazione era finita. Così Bea seguì Diletta al piano di sopra, su per una scala stretta e ripida.

La mansarda era stata suddivisa in tre ambienti: un salottino e due stanze.

C'erano tre divani arancioni disposti a "u" attorno a una televisione. Sul soffitto, proprio al centro, si apriva un abbaino ricoperto da una tenda giallo scuro, che creava una luce calda e accogliente.

Diletta aprì una delle due porte.

– Eccoci – disse, facendo accomodare Beatrice.

– Wow, che bella! – esclamò la ragazza con sincerità.

Era incredibilmente grande, ma arredata come una tipica stanza da ragazzina. Bea ripensò alla sua cameretta di quando andava alle medie: in effetti non era molto diversa da quella di Diletta. Letto pieno zeppo di cuscini a forma di cuore, parete tappezzata di poster, stereo, scrivania ricoperta da libri accatastati, una bacheca appesa al muro con attaccati biglietti, cartoline e ritagli di giornali...

– Ti piace?

– Tantissimo, mette allegria!

Diletta rise divertita. – Allora, ti va di essere la mia insegnante?

– Be', a me andrebbe di sicuro. Bisogna vedere

se andrà a genio anche a tua madre. L'unica soluzione è proprio quella di farti portare a casa subito dei risultati, così che anche lei si tranquillizzi e sia contenta.

– Figurati! Mia mamma non è mai contenta – disse Diletta storcendo la bocca. La sua espressione era velata di tristezza.

Bea cercò di cambiare discorso. – Allora, spiegami un po' il tuo problema con l'italiano.

La ragazzina alzò le spalle. – Mmm... Ci provo. Prima di tutto avrai capito che ho qualche problema con le insegnanti. In particolare con quella d'italiano: ha un modo di fare che mi blocca, così quando m'interroga non apro bocca. Negli scritti invece credo che il problema sia differente.

– Ah sì? – chiese Bea interessata, avvicinandosi a una montagna di peluche sparsi sul pavimento. Prese in mano un orsetto e lo accarezzò. – Hai già un'idea?

Diletta andò a sedersi sul letto. – Non ho metodo.

Bea storse il naso. – Sicura che siano parole tue? Non hai *metodo*?

– Be'... è quello che dice mia madre.

– E tu che cosa ne pensi?

Rifletté un attimo. – Non ho idee. Non riesco ad avere... pensieri.

– Non hai pensieri... – ripeté Bea. Si ricordò di

cosa le diceva sua madre quando, ancora piccola, le insegnava a scrivere le prime frasi. «Ricordati: tutti abbiamo sempre qualcosa di interessante da dire. Basta scriverlo nel modo giusto.»

Bea andò a sedersi sul letto assieme a Diletta e le porse il suo orsetto. – Se è solo questo il problema, allora credo che io e te, assieme, potremo ottenere buoni risultati!

La ragazzina alzò lo sguardo speranzosa. – Dici sul serio?

– Mai stata così seria. Ti andrebbe di iniziare il nostro programma il prossimo venerdì?

– Perfetto!

Si scambiarono uno sguardo complice.

– Grazie, Beatrice.

– Oh, aspetta a ringraziarmi. E comunque, se vuoi andare d'accordo con me, devi chiamarmi Bea! – rispose facendole l'occhiolino.

Diletta sorrise. – Ok. Bea. Allora ci vediamo venerdì!

ottobre

Capitolo 5

Dove c'è uno scambio di biglietti

– Finalmente a novembre iniziano gli allenamenti di pallamano – disse Anna, mentre pedalavano verso scuola, dopo il consueto cappuccio e brioche del mattino.

– Già – commentò Bea. – Ne ho proprio voglia. Anzi, ti dirò di più: non vedo l'ora che inizino le partite del campionato. E speriamo di qualificarci per i nazionali anche quest'anno.

– Sì, anche se sarà una faticaccia... – ribatté Anna. – Insomma: la prima liceo comincia a sentirsi, quanto a impegno di studio. Non credi?

Anna vide però che Bea aveva lo sguardo assente.

– Tutto bene?

– Eh? Sì, cioè... A dire il vero no.

– Problemi a casa?

Bea si girò a guardarla e si mise a ridere. – Ma no, figurati! A casa va tutto bene.

– Beata te! – esclamò Anna. – I miei si scannano dal mattino alla sera. E mio fratello è insopportabile... Quanto vorrei essere figlia unica.

– Guarda che esserlo non è così eccezionale – le rispose Bea.

Stavano imboccando la strada che portava alla Certosa; in quel punto della città la nebbia era ancora più fitta.

– Allora? – insistette Anna. – Vuoi dirmi che c'è?

Bea si passò la mano sulla visiera del cappello. – C'è che ho litigato con Edward.

– Litigato? – esclamò Anna strabuzzando gli occhi. – Mi spieghi come si può litigare con una persona...

– Che non si conosce neppure: l'hai già detto mille volte! – si spazientì Bea. – Mmm, che palle, Anna, con 'sta storia! Scusami, eh, ma il nocciolo della questione, ora, non è quanto sia giusto questo rapporto (anche se potremmo aprire mille parentesi), ma il fatto che io e Edward per la prima volta abbiamo avuto uno scambio d'opinioni.

– Sì, sì, ok – disse Anna. – E... quale sarebbe il motivo, se almeno ce n'è uno?

– Mi stai prendendo in giro? – la squadrò Bea.

– Chi, io?! Macché!

Bea e Anna erano ormai davanti al cancello di scuola e sentirono suonare la campanella. Si affrettarono a legare le bici.

– Te lo racconterò più tardi – disse Bea. – Ora entriamo.

Alla prima ora avevano la Strozzi, la nuova insegnante d'italiano che aveva sostituito la Conti.

Nonostante italiano fosse la materia preferita di Beatrice (tanto che il suo sogno era quello di fare la scrittrice), sentiva che con quella professoressa non c'era feeling e le ore trascorse con lei diventavano un peso.

Bea cercava con tutta se stessa di stare attenta ma era più forte di lei. Le lezioni della Strozzi erano soporifere. E anche Dante, che l'aveva sempre fatta sognare, era diventato una palla al piede.

Il guaio era che questa mancanza d'intesa con la professoressa sembrava essere reciproca. Al primo compito in classe, Bea aveva rimediato un misero dal sei al sette, proprio lei che aveva sempre viaggiato sui binari dell'otto e del nove.

Bea si sentì molto vicina alla piccola Diletta.

Diletta! Realizzò che quel pomeriggio sarebbe dovuta andare da lei per la loro prima lezione. Bene, le avrebbe raccontato la sua esperienza con la Strozzi per tirarla un po' su di morale, per farle capire che anche a lei capitava di provare certe cose. Spesso il rapporto tra alunno e insegnante è una questione di sintonia.

Lo diceva sempre anche sua mamma: non è un fatto di preferenze. È un'equazione matematica: avendo a che fare con individui, preferisci relazionarti con alcuni studenti piuttosto che con altri.

– Bene, ragazzi: ora prendete la Divina Commedia e apriamo il terzo canto, quello degli Scomunicati – risuonò la voce da coniglio della Strozzi.

Bea si girò a guardare Anna e le fece gli occhi storti, come per dire: "Non ce la faccio più!". Al che Anna prese la matita e fece finta di piantarsela nella giugulare: il significato era più che evidente.

A quel punto avrebbe potuto proporre ad Anna di scambiarsi i diari per pasticciarseli, come di solito facevano quando c'era una lezione (come diceva Giacomo) *da endovena*. Ma il fatto che nel pomeriggio sarebbe dovuta andare da una ragazzina per spiegarle *quella stessa* materia spronò Bea a farsi violenza e ascoltare la lezione dall'inizio alla fine. Tanto che, al cambio dell'ora, Anna si presentò davanti al suo banco ed esclamò: – Cavolo, Zanardi, non ti ho mai visto fingere così bene di seguire una lezione.

Bea le sorrise. – Che ci vuoi fare... Da oggi inizia la mia nuova carriera di insegnante: devo entrare nella parte!

– Allora, mi racconti o no il motivo del litigio con Mister X?

– Edward, Anna! Si chiama Edward.

– Mmm... Ma se non sai nemmeno tu come si chiama in realtà! Potrebbe essere chiunque...

– È proprio questo il motivo della nostra discussione: Edward mi ha proposto di incontrarci *davvero*.

– Dici sul serio? Intendi nella vita *reale*?

Bea alzò gli occhi al cielo. – Sì, Anna. Nella *vita* –. Momento di silenzio. – Tu che dici?

– Penso che prima o poi sarà inevitabile, se tenete l'uno all'altra – rispose Anna.

In quel momento entrò Campigli, il temuto prof di scienze, e Anna fu costretta a tornarsene al posto.

Campigli (che sfoggiava due incredibili baffoni arricciati all'insù) non si poteva definire un professore severo. Anzi. Aveva solo l'insana abitudine di affibbiare ricerche come punizione per cattiva condotta, e con "cattiva condotta" intendeva semplicemente parlottare con il compagno di banco.

Fin qui tutto bene. Se non fosse che il malcapitato di turno doveva esporre la ricerca davanti a tutta la classe e il repertorio di titoli a cui il professore attingeva era un susseguirsi di doppi sensi, tipo la "passera scopaiola", il "culbianco", il "tarabuso"... (Ovviamente tutti uccelli, per cui era una bella gara tra l'imbarazzo di chi parlava e l'ilarità di chi ascoltava).

Dopo un po' che la lezione di Campigli era iniziata, Anna inviò un bigliettino a Bea, facendolo passare di mano in mano da quelli dell'ultima fila (Fortini, Bianchi, Donelli, Pizzicotti, Ceriani; mancava solo Giacomo che, per sua fortuna, era assente). Bea l'aprì e lesse.

Be', Bea, che dire? Secondo me Edward ha ragione da vendere. Pensaci. Perché non provi a prendere in considerazione la sua proposta? So che il rapporto che avete adesso ti sembra perfetto e hai paura di perderlo, ma solo con un vero e proprio confronto tra voi potresti renderti conto se Edward ti piace davvero...

Bea girò il foglio e rispose.

Riconosco che potresti (e sottolineo "potresti") avere ragione. E mi rendo conto anch'io che prima o poi questa storia dovrà avere una svolta... Ma speravo accadesse il più tardi possibile. Comunque, considerando che non sento Edward da quando abbiamo litigato, ho deciso che almeno proverò a contattarlo: l'ultima cosa che vorrei è perderlo come amico.

Bea rispedì il biglietto ad Anna. Quando l'amica lo lesse alzò un sopracciglio e strinse le labbra. Si mise subito a scrivere, scuotendo la testa.

Il biglietto tornò e Bea lo aprì.

Come amico?!? Tesoro, non raccontiamocela: questo è un innamoramento a distanza. Io voto per "via il dente, via il dolore". Incontratevi. E proponiglielo tu, questa volta.

Bea sgranò gli occhi e si girò di scatto a guardare Anna, che rispose allo sguardo con espressione serafica, tipo: "Da' retta a me".

– Signorina Zanardi, che ne direbbe di portare quel foglietto alla cattedra?!

Il professor Campigli si accarezzava lentamente un baffo e intanto guardava Bea con aria divertita, come un gatto che ha messo la zampa sulla codina del topo.

Bea avvampò e si fece piccola piccola. – Q-quale foglietto?

– Non mi costringa a venire al suo banco, Zanardi. Sarebbe un inutile spargimento di sangue, non crede? Avanti: mi porti quel foglietto.

Bea si alzò con fatica dalla sedia, come se portasse sulle spalle un macigno da cento chili. Si avvicinò alla cattedra, guardando il professore dritto negli occhi: l'imbarazzo si stava pian piano tramutando in rabbia. Sapeva perfettamente che Campigli gongolava a mettere gli alunni in difficoltà.

La classe, crudele spettatrice di un'arena, stava già pregustando la punizione.

Bea porse il biglietto al professore. Campigli lo aprì e lo lesse in silenzio. Man mano che andava avanti con la lettura, la bocca si distese in un sorriso sornione. Bea temette il peggio.

E il peggio arrivò.

– Sentite un po' le palpitazioni d'amore della vostra compagna.

La classe proruppe in un brusio divertito.

Campigli allungò il collo verso i ragazzi dell'ultimo banco. – Fortini, visto che è così brava a dare consigli, venga anche lei, così leggiamo tutti assieme.

Anna appoggiò le mani sul banco e si alzò di malavoglia. Quando arrivò alla cattedra, si scambiò un'occhiata con Bea, consapevole dell'infausto destino che le attendeva.

Campigli si schiarì la voce e lesse il carteggio, mentre tutti ridevano.

Anna guardava Bea e Bea si fissava le scarpe, stringendo le mani a pugno. Non si era mai sentita così umiliata in vita sua.

Alla fine della lettura, il professore ripiegò il biglietto.

Bea e Anna aspettavano la sentenza in silenzio.

– Bene – disse Campigli aprendo il registro e mettendosi a scrivere. – Per la prossima volta, Zanardi farà una ricerca sulla passera di mare...

Esplosione di risa di tutta la classe.

– Mentre Fortini sul bucero trombettiere.

Altra esplosione.

– Buon lavoro. Potete andare a posto – concluse Campigli.

Bea e Anna tornarono ai loro posti. Ma prima di sedersi, Bea chiese di uscire.

– Vada pure, Zanardi – rispose il professore, fintamente benevolo.

La ragazza raggiunse la porta dell'aula e, appoggiandosi con tutto il suo peso, uscì con foga, come se quella fosse l'unica via di salvezza da una stanza piena di gas.

Si precipitò nell'atrio, con gli occhi che si riempivano di lacrime, offuscandole la vista. A passo spedito raggiunse la fine dei corridoi, dove c'erano i bagni, e con lo sguardo basso si infilò nella prima porta aperta.

Appoggiò le mani sul lavandino e continuò a piangere, con le spalle che andavano su e giù. Alzò la testa e si guardò allo specchio: gli occhi gonfi, la faccia chiazzata di rosso, le lacrime che scendevano. «Che umiliazione!»

Si girò verso i gabinetti dietro di lei e, con tutta la sua forza, sferrò una manata sull'unica porta chiusa. Sentì un male tremendo alla mano. – Ahia!!!

Ora le lacrime che sgorgavano non erano solo di rabbia, ma anche di dolore.

Ma proprio in quel momento la porta chiusa del gabinetto si aprì e...

– Ma... ma... – urlò Bea indietreggiando. – Che ci fai TU qui???

– Guarda che l'intrusa sei tu! – esclamò Andrea, il fidanzato odioso dell'Odiosa Camilla, la Barbie.

Bea si voltò a guardare la porta principale del bagno e scorse con orrore la targhetta con l'omino sopra. L'errore era stato davvero suo: era entrata senza guardare!

Andrea si avvicinò a lei. – Va tutto bene? Ti sei fatta male?

Ma Bea indietreggiò ancora di più e si limitò a fissarlo con un'espressione indefinibile, tra il disagio e la collera. – Lasciami stare!

Lui rimase interdetto e capì che era meglio non aggiungere altro. Rimasero a fissarsi negli occhi per alcuni secondi, poi Bea si asciugò le lacrime con la mano sana e s'incamminò verso l'uscita. Si girò solo un attimo.

– Se ti azzardi a raccontare quello che hai visto oggi in questo bagno, io...

– Tu cosa? – disse lui con aria di sfida. Non gli piacevano le minacce, ma quando vide che gli occhi di Bea ricominciavano a riempirsi di lacrime, capì che doveva essere successo veramente qualcosa di brutto e riacquistò l'autocontrollo.

– Non mi interessa sbandierare in giro i fatti privati delle persone, neppure di quelle insopportabili come te.

Si avvicinò al lavandino per lavarsi le mani e vide con la coda dell'occhio che lei se ne andava sbattendo la porta.

«Ma perché ho risposto così da stronzo?» pensò innervosito, guardandosi allo specchio. Poi sbottò contro se stesso.

– SEI UNO STRONZO!

Per fortuna il seguito della giornata trascorse abbastanza veloce e il momento dell'uscita da scuola arrivò presto.

Bea era rimasta muta per il resto delle lezioni, attirando lo sguardo incuriosito dei compagni di classe. Anna aveva provato a mandarle un bigliettino (*Lascia perdere. Non vale la pena prendersela così*), che Bea lesse senza rispondere. Allo squillo della campana, l'amica le si avvicinò.

– Ehi... come va?

– Come vuoi che vada? Di merda, grazie.

Uscirono insieme e imboccarono il vialetto che portava alle rastrelliere.

Anna era evidentemente imbarazzata. – Dai, Bea... Vedrai che passa... E poi la ricerca di punizione me la sono beccata pure io!

Bea fu gelida. – Anna, scusa eh, ma Campigli ha sbandierato i fatti miei, non i tuoi! C'è una bella differenza tra la *tua* e la *mia* punizione!

In quel momento (ciliegina sulla torta) arrivò Federico. Sì, proprio lui, l'ex ragazzo di Bea, quello che aveva cercato in tutti i modi di tornare insieme a lei durante l'estate. Aveva un mazzo di rose in mano e glielo piazzò proprio sotto il naso, con un sorriso idiota.

– Non puoi continuare a dirmi di no! – le disse.

Bea ridusse gli occhi a due fessure. – Scommettiamo?

Salì sulla bici e, mentre partiva, gli urlò: – Fatti dire da Anna dove puoi metterti quei fiori...

Poi sparì.

Fede, ancora interdetto, si girò a guardare Anna, che sospirò e gli appoggiò una mano sulla spalla. – Meglio che non te lo dica, Fede. Ma se posso permettermi di darti un consiglio: molla l'osso. Con Bea non ce n'è!

Gli diede una pacca comprensiva e se ne andò pure lei.

Bea pedalava verso casa, la mente vuota.

BIIIP! Il suo cellulare suonò: le era arrivato un messaggio.

Aprì la bustina. Non si aspettava di leggere *quel* nome proprio in quel momento, dopo quanto era successo tra loro.

Da: Edward

Non ce la faccio più a stare in silenzio e a non sentirti. Scusami, Bella: non so che cosa mi sia preso. Non succederà più, te lo prometto. Non ti proporrò più di incontrarci, se non vuoi. Amici?

Bea accostò la bici. Era buffo, pensò: proprio ora che aveva deciso che forse Edward e Anna non avevano tutti i torti, che forse era meglio incontrarsi, e che forse anche lei aveva bisogno di una persona *vera* vicino, Edward faceva marcia indietro.

Digitò la sua risposta e inviò.

Da: Bella

Certo. Amici come sempre.

Per fortuna tra un po' sarebbe andata da Diletta per la loro prima lezione; cambiare aria le avrebbe fatto bene, pensò.

Quell'anno era iniziato proprio all'insegna della sfiga. Le sembrava che tutto andasse storto, di fare fatica in ogni materia. Le sembrava di non avere più punti di riferimento.

Di quello che era successo la mattina non aveva parlato con i suoi genitori, anche perché avrebbe dovuto raccontare loro tutta la faccenda di Edward, mentre preferiva tenersela per sé. Si era infatti resa conto che, ogni volta che ne aveva parlato con qualcuno, quel rapporto speciale aveva perso magia, rischiando di svuotarsi. Nessuno era mai riuscito a capire il senso dello strano legame tra lei e Edward.

E, per la prima volta, anche lei cominciava ad avere qualche dubbio.

Alle cinque in punto Bea si presentò davanti alla casa di Diletta. Suonò e la ragazzina aprì.

– Ciao! Sei pronta? – chiese.

– Spero di sì! – rispose Diletta facendola entrare.
– Che aria agguerrita... Hai intenzione di torchiarmi, oggi?

– No, tranquilla. Non sono di quelle insegnanti che scaricano sugli alunni le proprie frustrazioni.

Salirono le scale fino alla stanza nella mansarda.

– È successo qualcosa? – chiese Diletta, notando la strana espressione di Bea.

Lei sorrise. – Wow! Devo essere proprio brava come attrice, allora. Si nota così tanto?

Diletta alzò le spalle. – Un po'.

Intanto si sedettero alla scrivania. Rimasero un attimo in silenzio. Bea era colpita dalla sensibilità di quella ragazzina di soli dodici anni.

– Dai, ora buttiamoci sull'italiano: siamo qui per questo, no?

– Già.

– Bene, prendiamo il tuo libro di letteratura e proviamo a leggere insieme qualche pagina. Dove siete arrivati con il programma?

Iniziarono a parlare di Leopardi a ruota libera. Poi lessero alcune poesie e le commentarono, ma era più una chiacchierata che una lezione vera e propria. Bea ne parlava come se si trattasse di una persona che conosceva, un vicino di casa, e questo a Diletta piaceva. Tanto che, alla fine dell'ora, la timidezza della ragazzina era svanita.

Bea chiuse il libro e incrociò le braccia sul petto, tutta sorridente. – Be', complimenti! Se questo vuol dire essere bloccati e senza idee!

La ragazzina arrossì. – Ma guarda che è tutto merito tuo. Sei tu che mi hai fatto venire le idee! Davvero!

Bea scosse la testa. – Oh no, cara. Questi pensieri li avevi già nella tua testolina – le toccò la fronte con un dito. – Solo che ancora non lo sapevi...

Diletta abbassò lo sguardo. – E comunque il problema sono sempre i temi: non so mai che cosa scrivere.

Bea si alzò dalla sedia. – Un passo alla volta, non avere fretta. Ora rileggi le poesie che abbiamo commentato prima: vedrai che ti rimarranno impresse a fuoco nella memoria. Ok?

La ragazzina annuì.

– E poi prova a schedare quello che leggi. È facile: basta mettere su un foglio, in modo sintetico, le notizie principali. Usa tanti colori ed evidenziatori per rendere la pagina più allegra, e vedrai che sarà più facile ricordare tutto.

– Ok, lo farò! Grazie.

– Grazie a te! – rispose Bea, sincera. – Ti assicuro che la lezione di oggi ha fatto bene a te quanto a me. Mi ha... liberato la testa!

In quel momento Bea ebbe un flash su quella mattina: la vergogna provata in classe, il fastidio di aver pianto davanti ad Andrea, la delusione della marcia indietro di Edward.

Le due ragazze si sorrisero.

Diletta aprì la porta della sua stanza e si avvicinò alla camera di suo fratello. Si affacciò alla porta semiaperta, ma la stanza era vuota.

– Ah, – commentò – mio fratello deve essere tornato per cambiarsi: doveva uscire con la sua fidanzata.

Bea notò che la ragazzina aveva fatto una specie di smorfia alla parola “fidanzata”.

– Non mi sembra che ti sia molto simpatica, o sbaglio?

– Simpatica?! – ripeté lei aggrottando la fronte. – Diciamo che un chiodo nella scarpa sarebbe più piacevole.

Bea scoppiò a ridere di gusto e ridiscese le scale con la testa più leggera.

novembre

Capitolo 6

Dove Bea e Andrea scoprono chi sono

Bea e Anna stavano entrando nella palestra della scuola assieme a un gruppo di studenti. Era un freddo e nebbioso pomeriggio di novembre e quel giorno iniziavano gli allenamenti delle squadre di pallamano.

Ragazzi e ragazze, che da quell'anno si allenavano assieme, si ritrovarono davanti al portone. Mario, la bidella, stava ancora pulendo la palestra.

– Guardate che il pavimento degli spogliatoi è ancora bagnato! Guai a voi se lasciate pedate! – intimò la bidella ai ragazzi.

– Il solito buon umore, eh? – sussurrò Bea nell'orecchio di Anna.

Le ragazze entrarono ridendo nello spogliatoio femminile e appoggiarono i borsoni sulle panche.

Diedero una rapida occhiata intorno: le facce erano bene o male quelle dell'anno prima, fatta eccezione per qualche giovane new entry. In poco tempo le chiacchiere non tardarono a invadere la stanza.

– Avete visto? Quest'anno si allena anche quel figo del secondo anno!

– Chi? Chicco?

– Sììì! Troppo carino...

– E vogliamo parlare del suo amico, quello dell'ultimo anno?

– Eh, appunto! Ora capisci perché non vedevo l'ora di iniziare gli allenamenti?! Ah ah ah!

– Zanardi, in che ruolo giocherai, quest'anno?

– E chi lo sa! Spero non pivot, però: l'anno scorso prendevo tante di quelle botte durante le partite!

– Io spero che mi metta centrale.

– Ragazze, organizziamo una pizzata per sabato sera?

– Io ci sto!

– Io pure.

– Carinissimi quei pantaloncini! È un nuovo acquisto?

– Ti piacciono? Li ho presi in svendita in quel negozio in centro, di fronte al Castello.

– Qualcuno ha un elastico per capelli?

– Mi aiuti a fare la treccia?

– Ma che muscoli ti sono venuti durante l'estate?!

– Non sembro Madonna?

Si sentì un fischio provenire dalla palestra: l'allenatore le stava richiamando all'ordine.

Un'ultima occhiata in processione allo specchio e via. Uscirono dallo spogliatoio alla spicciolata, con in sottofondo uno strascico di chiacchiere.

Bea e Anna stavano ancora commentando il compito di fisica che avevano fatto quella mattina, quando Bea, volgendo lo sguardo davanti a sé, rimase impietrita. Sugli spalti, avvolta da una bomberino di pelliccetta (vera?!), c'era l'Odiosissima Camilla. Chissà cosa ci faceva lì...

– *Darling! I'm here!* – urlò Camilla sbracciandosi, per attirare l'attenzione di qualcuno.

Bea si affacciò alla balaustra sopra la palestra guardando verso la squadra maschile, che già si stava scaldando. *Lui* era lì, che correva avanti e indietro passandosi la palla con un compagno.

Bea alzò gli occhi al cielo. – Non ci posso credere! Ma perché me li devo ritrovare dappertutto?!

Anna, che anche lei aveva notato la scena, commentò placida: – Magari perché frequentate la stessa scuola?

Bea sospirò e finalmente si decise a scendere in palestra. Non appena la vide arrivare, Andrea smise di correre.

«Se osa accennare a ciò che è successo quella volta

nei bagni, lo scortico vivo!» pensò lei, stringendo i pugni.

Ma Andrea si limitò a rimanere in silenzio e a fissarla con i suoi occhi azzurro-blu, cosa che la mise piuttosto a disagio.

– Bene, ragazzi, – esordì Montanari, l'allenatore – venite tutti qui.

Gli allievi gli si misero attorno per ascoltare il discorso di apertura del coach.

– Come avrete capito, quest'anno, per questioni logistiche, faremo gli allenamenti congiunti, maschi e femmine.

A quell'affermazione rimbombò una risata generale e si udì qualche commento del tipo: – Sarà tutto più divertente!

L'allenatore continuò. – Smorzo subito gli entusiasmi: voglio la stessa dedizione di sempre. E poche distrazioni!

– Certo, coach!!! – fu il commento unanime (ma poco convinto) dei ragazzi.

Bea cercava di concentrarsi sul discorso dell'allenatore, ma sentiva chiaramente gli occhi di Andrea su di sé. Mmm... Ma che cosa aveva da fissare? Quel ragazzo aveva la capacità di farla uscire dai gangheri.

D'improvviso si girò di scatto e sostenne il suo sguardo per un attimo interminabile. Stavano facendo una specie di braccio di ferro con gli occhi, che durò fino a che il coach non diede il via al riscaldamento di corsa.

Bea e Anna si misero a correre in coppia, scambiandosi la palla con una serie di passaggi laterali.

– Volevate andare avanti per molto? – chiese Anna, commentando lo sguardo di prima. – Sembravate due pistoleri di un film western!

Bea cercò di concentrarsi sui movimenti, anche se era difficile: la presenza di Andrea continuava a innervosirla. Senza contare il fatto che ogni tanto si sentiva l'Odiosissima Camilla trillare dagli spalti, con le sue frasi in inglese. – *Go, Andrew, go!*

– Ma fammi il piacere... – bofonchiò Bea a denti stretti.

Dopo il riscaldamento, il coach richiamò di nuovo gli allievi attorno a lui e lesse le formazioni di gioco.

– Allora, iniziamo con la squadra femminile: Fortini centrale, Salvetti terzino sinistro, Pardo ala sinistra, Beccati pivot...

«E vai!» pensò Bea. «Quest'anno l'ho scampata.»

– ...Turati terzino destro e Zanardi ala destra.

A Bea cadde la mascella dallo sconforto: era finita dalla padella alla brace. – Ma coach! – intervenne. – Ala destra è il ruolo più difficile e faticoso in assoluto! Mi metta terzino, al limite!

Lui richiuse il foglio. – Le formazioni non si

discutono, Zanardi. E comunque non sei abbastanza potente, come terzino. Mentre riesci a correre molto veloce e a essere elastica nel tiro, quindi sei un'ala destra perfetta! Quest'anno proviamo così.

Anna circondò Bea per le spalle. – Secondo me sarai una bomba!

Ma Bea non era molto convinta. – Prima o poi una me ne andrà bene, quest'anno? Mamma mia, che uragano di sfighe.

– Passiamo alla formazione maschile – continuò il coach a voce alta, prendendo un'altra lista. – Govoni centrale, Maffucci terzino sinistro, Gulinelli ala sinistra...

A quel nome, si sentì un urlo provenire dagli spalti. Tutti si girarono verso Camilla, che stava saltellando felice. – Ammmore, sei tu! Giochi *all'ala sinistra*!

– Giochi *come* ala sinistra, semmai! – disse uno dei ragazzi, mettendosi a ridere. Anche gli altri ridacchiarono e, sorprendentemente, Andrea non intervenne per difendere la sua ragazza. Anzi: la sua presenza sugli spalti sembrava quasi metterlo a disagio.

A quel punto iniziò l'allenamento vero e proprio, con una piccola partita maschi contro femmine. Solo in quel momento Bea realizzò con orrore che il suo ruolo coincideva, in modo speculare, con quello di Andrea, per cui si ritrovarono sempre a contatto fisico. Erano impacciati e imbarazzati e nessuno dei due diede il meglio di sé durante i trenta minuti di gioco. Quando il coach decretò la fine dell'allenamento, Bea corse difilato negli spogliatoi. Si sentiva così senza fiato che capì di essere stata in apnea per tutta la partita.

Anna la raggiunse, un po' scocciata. – Sentimi bene, Zanardi: sono un po' stufa di correrti dietro ogni volta che tu scappi via perché qualcosa non va! Ok? È l'ultima volta che lo faccio, ti avverto.

Bea si rese conto che Anna aveva ragione. A volte se ne approfittava un po' del carattere accondiscendente dell'amica. – Scusami. Ti prometto che non succederà più! –. L'abbracciò e le stampò un bacio sulla guancia.

Anna brontolò bonaria: – Ruffiana.

Si cambiarono e uscirono dallo spogliatoio. Ma appena fuori, davanti a loro si parò Camilla, che guardava Bea con occhietti da faina.

– Ho visto, sai, come ti strusciavi contro il mio *boyfriend*! – l'apostrofò.

Bea si girò a guardare Anna, esterrefatta. – Ma chi glielo tocca, il suo *boyfriend*?!

– Non fare la finta tonta con me, *darling*. Sappi solo che ti terrò d'occhio, non t'illudere: verrò a tutti gli allenamenti!

Bea fremeva, ma Anna la tirò per un braccio. – Dai, andiamocene. Non vale neppure la pena risponderle.

– Sì, hai ragione – disse lei guardando Camilla dritta negli occhi. – Lasciamo che Hannah Montana aspetti il suo *boyfriend*!

In quel momento le raggiunse Andrea, che guardò la scena con aria interrogativa.

– Ecco il tuo cavalier servente! – commentò Bea, acida. – Ci vediamo!

Se ne andò a braccetto con l'amica, mostrandosi forte e sicura di sé. Ma solo lei poteva sapere che dentro (ma proprio nel profondo) ribolliva di rabbia.

Trascorse una settimana abbastanza tranquilla, fatta di compiti in classe e interrogazioni. Arrivò il venerdì, il giorno in cui di solito Bea andava da Diletta.

La ragazzina stava migliorando a vista d'occhio, tanto che alla fine dell'ultima lezione anche Giulia, la madre di Diletta, si era "scomodata" e aveva fatto a Bea i complimenti per i risultati raggiunti.

– Mia figlia ha preso un "buono" all'ultima interrogazione. Non me lo sarei mai aspettato. Brava, Bea. Ora, però, mi attendo lo stesso miglioramento anche negli scritti d'italiano – aveva detto.

– Faremo del nostro meglio, signora – era stata la risposta misurata di Bea.

Quindi, come ogni venerdì, Bea prese la sua bicicletta e si mise in strada per arrivare a casa Gulinelli.

Casa Gulinelli...

Gulinelli...

Che strano. Dove aveva sentito quel cognome? Cercò di riflettere: c'era qualcosa che le sfuggiva, un particolare che aveva la sensazione fosse importante ma che lei, in quella settimana così incasinata, aveva tralasciato.

Arrivò davanti al portone, legò come al solito la bici e, mentre stava suonando il campanello, vedendo per l'ennesima volta il nome *Gulinelli*, il mondo le crollò addosso. All'improvviso le si spalancarono tutti i cassetti della memoria, come spinti da una folata di vento. Le immagini si sovrapposero come la moviola di un film.

Diletta che le parla di un fratello più grande; Diletta che le racconta che il fratello è insieme a una ragazza "odiosa" (parole sue); Montanari, il coach, che chiama la formazione: ala sinistra... Gulinelli.

A Bea mancò il respiro e, nell'istante in cui la porta si aprì, si sentì morire. Per la prima volta davanti a lei *non c'era* Diletta.

– TU?! – esclamarono all'unisono Bea e Andrea, guardandosi in faccia.

– Quindi tu sei...

– Il fratello di Diletta. Sì. E tu sei la famosa...

– Insegnante di Diletta.

Continuarono a guardarsi per un po' e Bea non

poté fare a meno di pensare quanto fosse assurda la situazione. Certo, ultimamente quel ragazzo compariva davanti a lei nei momenti più impensati...

– Mi fai entrare o devo fare lezione a tua sorella all'aperto? – domandò Bea alla fine.

– Certo, certo... Scusami – rispose lui imbarazzato. Si scostò di lato e la fece passare.

Lei entrò e rimase in silenzio. Andrea richiuse il portone e si girò di nuovo a guardarla. Ancora!

– Sono sporca da qualche parte? – chiese Bea sulla difensiva, toccandosi il viso. – Ho un pezzo di insalata fra i denti? È per questo che mi fissi?

– No, no! Sei perfetta!

A quell'affermazione tutti e due arrossirono fino alle orecchie. Poi lui prese il coraggio a quattro mani e disse quello che da diverse settimane gli girava per la testa.

– Senti, Beatrice... A proposito di quel giorno, in bagno...

Bea spalancò gli occhi. «No, ti prego! Non tirare fuori quella storia» pensò.

– Ecco... Volevo dirti che mi dispiace di aver detto quelle cose... cioè che sei insopportabile... Insomma, non era giusto. Soprattutto in quel momento.

Bea era sbiancata. Si sarebbe aspettata tutto, tranne che un'ammissione di colpa. Anzi, aveva sempre temuto che lui potesse usare quell'episodio per prenderla in giro davanti a tutti. Invece non solo non l'aveva mai fatto, ma ora le stava anche chiedendo scusa.

Stava per rispondere (doveva pur dire *qualcosa*!) ma in quel momento arrivò Diletta, scendendo trafelata per le scale.

– Scusa se non ti sono venuta ad aprire – si affrettò a dire, facendo gli ultimi tre gradini con un balzo. Poi diede un bacio ad Andrea. – Grazie, fratellone, per averlo fatto al posto mio!

Diletta si mise in mezzo ai due, sorridendo prima a uno e poi all'altro. – Bene! Allora vi siete conosciuti, finalmente! Non vedevo l'ora!

Bea arrossì. – Eh già.

All'improvviso lui guardò il suo orologio con eccessiva solerzia. – È tardissimo! Devo scappare. Ciao, buona lezione!

Diede un altro bacio alla sorella, s'infilò il giaccone e uscì di casa, dileguandosi come un fantasma.

– Andiamo in camera? – chiese Diletta tutta pimpante.

– Sì... direi di sì, no? Sono qui apposta!

– Tutto bene? – chiese Diletta preoccupata, vedendo l'improvviso pallore della sua giovane insegnante.

– Sì sì... benissimo. Andiamo pure.

Diletta si strinse nelle spalle e, insieme, si diressero verso il terzo piano della casa.

Bea era ancora stordita, confusa, frullata. Si sentiva come dentro una lavatrice in centrifuga (programma "resistenti").

– Mi ero sempre chiesta – disse Diletta tutta allegra – come facessi a non conoscere mio fratello, visto che frequentate la stessa scuola!

– Già, me lo stavo chiedendo anch'io... – balbettò Bea.

– Comunque sono troppo contenta che vi siate finalmente incontrati! – disse aprendo la porta della sua stanza. – E poi, sai cosa? Secondo me vi assomigliate tantissimo, ora che ci penso: siete appassionati di sport, siete bravissimi in italiano, leggete di tutto...

– Ah sì?

– Sì – disse Diletta. Mise il gomito sul tavolo e appoggiò la testa sulla mano. – Insomma: sareste perfetti.

Bea stava tornando a casa con la testa pienissima di pensieri, il principale dei quali veniva ripetuto come un mantra: «Andrea-è-il-fratello-di-Diletta».

Continuò così, con quella tiritera, finché non entrò in casa. Cenò senza quasi parlare (cosa che insospettì molto i genitori, tanto che a tarda sera si ritrovarono a sussurrare nella loro stanza: «Credi che ci stia nascondendo qualcosa?». «No... secondo me sta solo crescendo») e poi andò nella sua camera.

Accese il computer. Aveva bisogno di rimettere a posto i tasselli della sua vita, di ristabilire le sue priorità. E il modo migliore per farlo era connettersi con Edward. Lui sì che riusciva sempre a dirle la cosa giusta, a indicarle il posto che aveva nel mondo. Un posto vicino al suo.

Bea andò su Facebook e cercò il profilo di Edward. Gli lasciò un messaggio in bacheca.

Ciao Edward. Ho tanto bisogno di chiacchierare con una persona amica.

Fatti vivo appena puoi. Mi manchi.

Intanto si mise a navigare sul profilo dei suoi amici, senza una particolare meta: era come girovagare e rovistare nelle stanze delle persone che conosceva. Pensò che Facebook avesse un che di guardone nel suo modo di funzionare.

Osservò un po' di foto pubblicate recentemente, qualche commento idiota, gli "stati" delle persone (Ciutz scriveva: *Oggi sono stanchissima. Nanna presto, stasera.* Bea sorrise), i vari messaggi lasciati da leggere.

PLOP!

La finestra della chat si aprì.

EDWARD: *Ciao pulce. Che cosa ti è successo?*

BELLA: *Niente, perché?*

EDWARD: *Dai... di solito, quando mi cerchi con questa urgenza è perché ti è successo qualcosa.*

BELLA: *Mmm...*

EDWARD: *Dai, dillo a Edward...*

BELLA: *Diciamo che è stata una giornata un po' scioccante.*

EDWARD: *Posso esserti d'aiuto?*

BELLA: *Magari sì. Ti è mai capitato di scoprire di aver sbagliato opinione su qualcuno? Di avere un'idea di una persona e di essere molto sicuro di questo pensiero... Poi rimani spiazzato! Perché non solo devi ammettere di aver sbagliato, ma metti pure in dubbio il tuo istinto.*

EDWARD: *Sì. Qualche volta è capitato anche a me. L'unica cosa che posso dirti è che in realtà quando succede è sempre una cosa positiva.*

BELLA: *Ne sei sicuro?*

EDWARD: *Certo pulce, mi è capitato un sacco di volte di avere un'opinione negativa su qualcuno che è cambiata completamente. In quel caso ho trovato un nuovo e inaspettato amico.*

BELLA: *Forse hai ragione.*

EDWARD: *Certo che ho ragione!* :-D

BELLA: *Grazie.*

EDWARD: *Prego, pulce.*

BELLA: *Che scemi che siamo...*

EDWARD: *Eh sì! Soprattutto tu!*

BELLA: *Oh?!*

EDWARD: *Dai, dai... Senti, hai un po' di musica da inviarmi, così la scarico sul mio iPod, che è vuoto e triste?*

BELLA: *Se vuoi ti faccio sentire il mio gruppo preferito. Sono mitici!*

EDWARD: *E chi sarebbero?*

BELLA: *I Negramaro, ovviooo! Negramaro forever!!!*

EDWARD: *Sei proprio una fan! Ma sentitela! I Negramaro.*

BELLA: *Be', che c'è? Sono meravigliosi. Lui è stupendo. Le sue canzoni ti entrano nel cuore.*

EDWARD: *Preferisco il caro e buon vecchio Vasco. Big Vasco.*

BELLA: *Sì, sì... Anche a me piace. Ma stiamo parlando di gente nuova. Vasco è sulla cresta dell'onda da trent'anni. Spazio ai giovani!*

EDWARD: *E qual è la canzone dei Negra che più ti rappresenta?*

BELLA: *Fammi pensare... È difficile, ce ne sono tante...*

EDWARD: *Su, un piccolo sforzo, pulce: ce la puoi fare!* :-)

BELLA: *Ok, trovato.* Mentre tutto scorre. *Emozioni pure!*

EDWARD: *Ora mi hai proprio incuriosito. Dai, passami l'Mp3 via Skype, allora, così me la sento.*

BELLA: *Quella sarà la prima che ti passo. Poi te ne invio altre.*

EDWARD: *Grazie. Stai meglio, ora?*

BELLA: *Certo, molto meglio. Grazie a te... Ci vediamo più tardi su Skype per le canzoni. Poi mi dirai che cosa ne pensi.*

EDWARD: *Ci puoi scommettere! Un bacio.*

BELLA: *Baci!*

CAPITOLO 7

Dicembre

Dove si racconta della magia del Natale
e delle sorprese che porta

– Mamma, che dici? Mi taglio un po' i capelli? – chiese Bea uscendo dal bagno con il phon in mano.

Eleonora era seduta al tavolo del soggiorno, con Garibaldi in braccio. Aveva davanti a sé un pacco di compiti in classe da correggere: temi su temi.

– Ma sei impazzita? – rispose Eleonora. – Sono bellissimi. Guarda che riflessi ramati... Li avessi io, i tuoi capelli!

– Me lo stai vietando? – ribatté Bea fingendo di arrabbiarsi. – Guarda che non ho più sette anni.

– Tesoro, neppure a sette anni ti si poteva imporre di fare una cosa, figurati adesso – sospirò Eleonora. – Dove stai andando così in ghingheri?

Bea si mise in posa. – Ti piaccio?

Si era messa un maglione rosa con il collo a

ciambella, un paio di jeans a vita bassa e gli stivali larghi di camoscio.

– Sciantosa!

– Mi trovo in centro con Ciutz: andiamo a cercare delle decorazioni natalizie. Pensavo che quest'anno potremmo addobbare l'albero tutto in oro e rosso. Che ne pensi?

– Dico che è un'ottima idea: molto natalizio!

– Bene. Allora compro un po' di palline e di fili –. Bea si diede un'ultima sistemata ai capelli. – Sì, hai ragione: non li taglio.

– La mamma ha *sempre* ragione! – sentenziò scherzosamente Eleonora.

Bea si infilò il giubbotto e il cappello. – Mi aiuti a fare l'albero quando torno? – chiese.

– A dire il vero questa sera io e papà vorremmo andare fuori a cena. Sempre che io riesca a finire di correggere questi compiti... Ti dispiace?

– Per nulla, anzi! Casatuttamiaaa!!! – urlò Bea. – Vorrà dire che l'albero lo farò da sola e, quando tornerete, avrete una bella sorpresa –. Le stampò un bacio. – Ciao mamma.

Bea uscì, prese la bici, infilò l'iPod alle orecchie (Negramaro forever!) e arrivò in centro, il tempo di una canzone.

La città era addobbata a festa, con luminarie che scendevano dappertutto, alberi con i fiocchi rossi fuori dai negozi, l'odore di caldarroste e mandorle caramellate, la musica lontana degli zampognari.

Bea adorava l'atmosfera del Natale: le metteva allegria. Forse perché si ricordava l'emozione che provava da piccola: elettricità pura. Non c'erano solo i regali, ma anche tutti i preparativi, che si ripetevano identici ogni anno: la letterina con la lista dei regali, il calendario dell'Avvento da aprire ogni giorno, l'albero da decorare, il presepe, il latte con i biscotti da lasciare a Babbo Natale la sera della Vigilia...

Bea scorse Carlotta davanti alla vetrina di un negozio. Indossava un cappottino rosso che sarebbe risultato ridicolo addosso a chiunque, tranne che a lei. I capelli, liscissimi e neri con riflessi quasi blu, spuntavano da sotto un basco dello stesso colore del cappotto. Era bellissima.

Stava parlando al cellulare, così Bea si avvicinò e, dopo aver fatto un cenno con la mano, si abbassò a legare la bici aspettando che l'amica chiudesse la telefonata.

– Certo amore, allora ti aspetto questa sera. Sì... sì... – risatina e conseguente abbassamento della voce. – Anch'io ti amo. Ciao... No, metti giù prima tu... No, tu! – risatina.

Bea mugugnò in modo spiritoso, ma la ragazza la ignorò.

– Allora facciamo al tre... – cinguettò nel telefono. – Uno... due... tre!

Chiuse il cellulare, continuando a guardarlo con occhi sognanti. Poi si girò verso Bea e l'abbracciò di slancio. – Non trovi che la vita sia meravigliosa?

Bea rispose all'abbraccio. – Devo dedurre che sei innamorata? E questa volta, *lui* come si chiama?

– Stavolta è quello giusto, Bea. Non sono mai stata così cotta – dichiarò Ciutz, entusiasta. Poi si toccò il cuore con una mano guantata (di rosso, ovviamente) e fece un sospirone. – Secondo te si può avere un infarto per troppo amore?

Bea scoppiò a ridere. – Santo cielo, Ciutz: sei sempre così melodrammatica! Sembri uscita da un'opera di Puccini.

– Pucci che?!?

– Dai, Ciutz! Puccini, il compositore! Va be', lasciamo stare –. Bea prese Carlotta sottobraccio. – Dove andiamo per acquistare le decorazioni?

– Facciamo un salto alle bancarelle di fronte al Duomo?

– Ottimo. Così intanto mi racconti tutto di lui, ok?

– Ci sto!

Le due amiche si misero a passeggiare per le vie del centro, parlottando fitto come due gallinelle. Carlotta raccontò di questo Alessandro, il suo nuovo ragazzo, a proposito del quale gli aggettivi più ricorrenti erano: meraviglioso, stupendo, unico, incantevole, fantastico, favoloso. – Insomma: sono persa! – fu la conclusione.

Nel frattempo erano arrivate alle bancarelle e stavano riponendo nei rispettivi cestini le decorazioni scelte, prima di pagarle.

– E tu, invece, che cosa mi racconti? – chiese Carlotta. – C'è qualche novità, o sei ancora aggrappata alla tua assurda storia multimediale?

Eccolo lì, l'ennesimo riferimento sarcastico al rapporto tra lei e Edward! Ma ormai Bea ci aveva fatto l'abitudine.

– Sì – rispose tranquilla. – Ci hai proprio preso. Anzi, ormai siamo pappa e ciccia. Gne gne.

Carlotta alzò le spalle: – Contenta tu –, poi diede il suo cestino al commesso. – Ecco, prendo queste –. E tirò fuori il portafogli, girandosi verso Bea. – Io comunque non ti capisco proprio, Bea. Avresti la possibilità di conoscerlo, di stare assieme a lui, di... baciarlo! E invece continui a scegliere la strada dell'anonimato. Mi dici che senso ha?

– Non deve avere senso per te, Ciutz – le rispose l'amica. – L'importante è che vada bene a me. E per ora stiamo bene così.

– Ma possibile che lui non ti abbia ancora chiesto di incontrarvi?

– Be', a dire il vero, lui aveva provato a proporlo...

– Lo vedi? Mi sembrava strano! È inutile: i ragazzi hanno bisogno di *contatto*!

– Dai Ciutz, non essere così prosaica!

– Bea, per caso hai mangiato lo Zingarelli prima di uscire? Cos'è 'sto sfoggio di paroloni?

Anche Bea consegnò il suo cestino, pieno zeppo di palline rosse, fili d'oro e una grande ghirlanda di fiocchi di raso per la cima dell'albero. – Senti, ti prometto che appena deciderò di incontrarlo sarai la prima a saperlo. Ok? – disse Bea.

– Ok, ok, messaggio ricevuto: vuoi chiudere l'argomento – le sorrise. – Lo so, a volte sono invadente.

Bea l'abbracciò. – Ma se non fossi così, non ti vorrei così bene!

In quel momento notò un angioletto di cristallo, appeso a una colonna di legno della bancarella. Era delizioso. Bea non sapeva perché, ma le venne in mente la piccola Diletta.

Senza pensarci due volte lo comprò, con l'intenzione di andare a portarglielo prima di tornare a casa. Sì, avrebbe fatto un salto da lei più tardi.

Tornando, Bea e Ciutz passarono alla pasticceria Leon d'Oro per farsi una cioccolata calda e poi si salutarono, con l'intenzione di vedersi ancora prima della Vigilia, per farsi gli auguri.

A quel punto Bea inforcò di nuovo la bici e corse a casa Gulinelli.

E ancora una volta non fu Diletta ad aprire la porta...

– Bea! Che sorpresa! – disse Andrea sulla soglia. – Diletta è sotto la doccia. Avevate lezione? Se n'è dimenticata?! – chiese preoccupato.

– No, no. È che passavo di qui – disse lei entrando nell'androne. Tirò fuori il pacchettino dalla borsa. – Potresti darlo a tua sorella, per cortesia? È un pensierino per Natale.

– Come sei gentile. Le farà molto piacere – prese il pacchettino dalle mani di Bea e, per un istante, le loro dita si sfiorarono. Lei ritrasse la mano veloce, come se avesse preso la scossa.

– Mia sorella si è affezionata molto a te, sai? Non fa che parlare di Bea, Bea, Bea... – rise. – Mia madre sta già preparando le pratiche per l'adozione, lo sapevi?

Lei si mise a ridere. – In realtà non credo di essere il suo tipo.

– Dici?

Bea arrossì: aveva parlato troppo? – Non volevo essere offensiva.

– Oh, non ti preoccupare – la tranquillizzò subito lui. – Io e Diletta le diciamo ben di peggio. Sempre scherzando, ovviamente.

Lei si rilassò. – Ovviamente.

Rimasero un attimo in silenzio: lei non sapeva bene dove guardare. – Be', allora vado.

– Non vuoi salire un attimo? Aspetta almeno che Diletta abbia finito, così le puoi dare tu stessa il regalo.

Alt! D'improvviso l'idea di restare sola con Andrea la mise in agitazione. *Tutto* di lui la metteva in agitazione, ma era molto strano, perché, se da una parte avrebbe voluto evitarlo, dall'altra sentiva che quel ragazzo era come una calamita per lei. Avrebbe tanto voluto girarsi sul polo opposto per respingerlo, ma non ci riusciva. Soprattutto adesso che Andrea si era rivelato molto diverso da quello che pensava.

Sforzandosi di essere razionale Bea si costrinse a dire: – No, ti ringrazio. Ora devo proprio andare. Salutami Diletta.

Si girò per aprire il portone, ma non riuscì a trovare il bottone giusto. Schiacciò il pulsante della luce dell'atrio, poi quello della lampada esterna dell'entrata. «Ma dov'è?!» disse tra sé, spazientita. E sì che non era la prima volta che usciva da quella casa.

In un secondo Andrea fu dietro di lei, vicinissimo alla sua schiena, e pose una mano sulla sua. Il tempo si fermò e Bea rimase immobile. Lui le prese delicatamente l'indice e glielo spostò fino al pulsante. – Ecco, questo è quello giusto – sussurrò. Lo spinsero assieme.

CLAC! La porta si aprì.

Era libera.

Non si girò nemmeno, temendo che lui potesse

vedere le sue guance infuocate. Bofonchiò un grazie e scappò via in bicicletta.

Arrivò a casa con il cuore in gola.

Andrea rimase a guardare Bea che spariva veloce nella nebbia. Quindi, con il pacchettino tra le mani, rientrò, richiuse il portone e salì le scale.

All'altezza del primo piano si sentì chiamare da sua madre. – Andrea? Chi era alla porta?

Lui sporse il capo in soggiorno e la vide, seduta sul divano davanti al camino acceso, intenta a leggere una rivista. Impeccabile come sempre.

– Era Beatrice – rispose lui. – È venuta a portare un pensierino di Natale a Diletta. Ora glielo metto in camera.

– Carino da parte sua.

– Già.

Poi Giulia appoggiò la rivista sulle ginocchia, facendosi pensierosa. – Devo ammettere di aver giudicato quella ragazza con troppa superficialità.

– Non sarebbe la prima volta – la punzecchiò lui uscendo dalla stanza e continuando a salire le scale. La camera di sua sorella era vuota.

«Sarà ancora sotto la doccia» pensò Andrea. Entrò lo stesso, per lasciare il pacchettino sulla sua scrivania.

Si sentiva lo scroscio dell'acqua provenire dal bagno

e Diletta che cantava a squarciagola intonando un repertorio dance. Si avvicinò alla scrivania per scrivere un biglietto da lasciare vicino al regalo (*Mentre imitavi Beyoncé sotto l'acqua, Bea ha portato questo per te*) ma la sua attenzione cadde sul cellulare della sorella, lì vicino.

Non seppe neanche perché lo fece. Non era da lui curiosare nelle cose degli altri. Anzi, di solito non sopportava chi lo faceva. Fatto sta che *lo fece*: prese il cellulare di Diletta e cominciò a scorrere i numeri della rubrica. Ne cercava uno in particolare, e fu facile trovarlo: bastava andare a ritroso dalla A alla Z, e sarebbe stato subito lì.

Infatti eccola: Beatrice Zanardi.

Andrea prese il proprio cellulare dalla tasca e copiò il numero nella rubrica. Selezionò SALVA, ma successe un fatto bizzarro. Comparve la scritta: NUMERO GIÀ ESISTENTE IN RUBRICA.

– Andrea scosse la testa e ripeté l'operazione («Che strano»), ma la scritta comparve di nuovo. NUMERO GIÀ ESISTENTE IN RUBRICA.

Selezionò OPZIONI, CERCA NUMERO e il suo cuore si fermò per un istante.

NUMERO GIÀ ESISTENTE IN RUBRICA: SOVRASCRIVERE SCHEDA "BELLA"?

La mattina della Vigilia di Natale, Bea si svegliò piena di energie. Aveva fissato un'ultima lezione con Diletta, dedicata a come trovare idee per scrivere un buon tema. Aveva pensato di darle anche qualche titolo da svolgere durante le vacanze natalizie, da commentare poi insieme a gennaio.

Sapeva che Andrea non sarebbe stato a casa, quella mattina. Diletta le aveva detto che era già partito per la montagna (e lei aveva immaginato con chi).

La sua assenza da un lato la tranquillizzava, dall'altro rendeva l'appuntamento a casa Gulinelli meno emozionante. Forse, in quel momento, era meglio che lui non ci fosse. Che strano, quando si erano conosciuti le sembrava che Andrea fosse dappertutto. E adesso era da un po' che non lo incontrava, e anche agli ultimi allenamenti di pallamano si erano a malapena incrociati.

E, ora che ci pensava, anche Edward da qualche tempo si faceva sentire di rado. Era difficile trovarlo on line, sia su Skype sia su FB. E i suoi ultimi messaggi erano stati telegrafici. *Ciao, come te la passi? Io sono presissimo con lo studio. A presto*.

Wow. Messaggione, eh!

Bea arrivò a casa di Diletta e si misero subito al lavoro.

– Su, forza, abbiamo tantissime cose da fare. Sei pronta?

Diletta sbadigliò. – Per piacere, Bea! La tua verve è quasi fastidiosa a quest'ora del mattino. Ci facciamo un tè prima d'iniziare?

– Ma che tè! Magari dopo – rispose Bea aprendo a ventaglio libri e quadernoni sulla scrivania. – Prendi il vocabolario di italiano, piuttosto.

Diletta ciabattò fino alla libreria e tirò fuori il vocabolario.

Bea la stava guardando da sotto in su. – Sembri un bradipo!

– Secondo me i bradipi sono più svegli di me – commentò la ragazzina. – Ma perché fare lezione *proprio* il 24, dico io!

– Perché *tu* domani parti, mi sembra ovvio, testolina! – rispose Bea picchiettando la matita sulla fronte di Diletta.

– Ahi! Ahia! Che male!

– Così ti svegli!

– Che metodi...

– E non hai ancora visto niente! – esclamò Bea, fingendo una risata satanica.

– Molto divertente.

– Vedrai che ti divertirai, invece. Te lo prometto – sorrise Bea incoraggiante. – E poi, di cosa ti lamenti? Domani sarai sulle piste da sci assieme a tuo fratello e alla sua fidanzata! –. E le fece l'occhiolino.

A quelle parole Diletta s'illuminò, svegliandosi di colpo. – E già, tu non sai nulla!

Bea scosse la testa con aria interrogativa. – E che cosa dovrei sapere?

– Lo scoop!

– Che sarebbe?

– Che mio fratello ha lasciato l'Odiosissima! È finita, capisci? Non me la devo ritrovare più per casa!

Bea era rimasta senza parole. E, piccolo e impercettibile, sul suo viso si era fatto largo un abbozzo di sorriso.

– Io stessa mi chiedevo come potessero continuare a stare insieme quei due – continuò Diletta, fingendosi esperta di relazioni di coppia. – Insomma, Camilla è una vera palla al piede, precisina e schizzinosa, mentre mio fratello (non perché sia mio fratello, intendiamoci) ma è completamente diverso! Non riesco neppure a immaginare di cosa parlassero, assieme... Bea?!

Diletta aveva notato che il viso della sua amica aveva assunto una strana espressione ebete.

– Come, scusa?

– Dicevo, chissà di cosa parlavano, quei due: non avevano nessun interesse in comune!

– Be', c'è da dire che Camilla è una ragazza molto carina.

– Oh sì, è vero. Quindi vuoi dire che mio fratello ci stava assieme solo perché è carina?

– No... non volevo dire questo... – si giustificò Bea.

– Tranquilla, non devi scusarti.

Bea si schiarì la voce e annunciò: – Ora un tè ci vorrebbe proprio! Ma poi ci buttiamo sui temi, eh?

– Evvai! –. Diletta si alzò per scendere in cucina, poi ci ripensò un attimo. – Sai, ti ho preso anch'io un pensierino per Natale –. Aprì il cassetto della scrivania e tirò fuori un pacchetto. – Auguri, Bea.

– Dile, non dovevi!

– Oh sì! Mi ha aiutato a sceglierlo mio fratello!

Bea rimase colpita. – Ah sì? –. Prese il pacchetto tra le mani e cominciò a scartarlo.

– Sì. Io però non sono molto d'accordo sulla sua scelta, quindi dimmelo subito se non dovesse piacerti: possiamo cambiarlo.

Bea aprì e rimase di stucco. Era un Dvd: *The Final Cut* di *Blade Runner,* il suo film preferito nella versione restaurata in digitale. Ma come aveva fatto Andrea a sapere che lei adorava quel film?

Diletta studiò l'espressione di Bea. – Ecco, lo sapevo: non ti piace! Gliel'avevo detto, io, che secondo me non ti piaceva. Ma lui no, ha continuato a dire che secondo lui tu amavi questo genere di film!

Bea tranquillizzò subito la sua piccola amica. – Infatti... mi piace tantissimo. Non so come abbia fatto, tuo fratello, ma questo è davvero il mio film preferito. E questa nuova versione ancora non ce l'avevo!

Diletta fece un sorrisone. – Quindi ti piace?

– Da morire! Grazie, Dile – abbracciò forte la ragazzina. – E ringrazia anche tuo fratello, quando lo vedi. È stato molto... gentile, sì. E molto acuto nella scelta. Davvero.

Poi, guardando il Dvd, disse pensierosa: – Non so davvero come abbia fatto...

A quel punto Diletta batté le mani. – Tè?

Quella sera, Bea si mise davanti al computer, non però per chattare con Edward, ma per guardarsi il film che le aveva regalato Diletta. Una serie di pensieri le affollavano la testa, pensieri su Andrea. Era incredibile: come aveva fatto a beccare proprio il suo film preferito? Pura combinazione? E soprattutto, perché lei aveva provato quel sottile piacere a sentire che lui e Camilla si erano lasciati?

BIIIP!

Bea prese il cellulare e aprì il messaggio.

Da: Edward

Buon Natale, Bella. Volevo solo dirti che, come credo avrai capito, questo è un periodo un po' strano per me. Ma sappi che ti penso con la stessa intensità di prima.

Vedrai che tutto passerà e tornerò a essere l'Edward di sempre.

Un caldo abbraccio.

Bea sorrise. «Buon Natale, Edward» disse tra sé.

Dopo qualche secondo... *BIIIP!* Un altro messaggio.

Da. Edward

P.S. Avevi ragione: i Negramaro sono fichissimi.

Bea sorrise di nuovo, scuotendo la testa. Poi fermò il film, pronta per andarsene a letto. Chiuse il portatile e, alzando gli occhi, si accorse che stava cadendo la neve: ora era una Vigilia di Natale perfetta!

Si mise alla finestra a guardare quel vorticare di fiocchi e pian piano quella danza la rilassò, sgombrandole la mente. Decise di andare in cucina e di preparare latte e biscotti per Babbo Natale da lasciare vicino alla finestra della sua camera. Proprio come quando era piccola.

Eleonora, che stava guardando la televisione al piano di sotto assieme al marito, la vide portare tutto in camera sua, e sorrise.

Il giorno dopo, quando Bea si svegliò, notò con piacere che la tazza del latte e il piattino dei biscotti erano vuoti.

Capitolo 8

Gennaio

Dove Bea desidera fare un tuffo nell'acqua scura e non riemergere più

– Bene, ragazzi. Vi ho portato i vostri compiti in classe corretti – disse la Strozzi, la prof d'italiano, tirando fuori dalla borsa una pila di fogli.

– Questa volta ho preso un votaccio, me lo sento – sussurrò Giacomo a Bea.

– Ma sta' zitto – rispose lei. – Dici sempre così e poi ti porti a casa tutti otto e nove.

– Devo dire che questa volta ci sono state alcune sorprese – continuò la Strozzi facendo una carrellata con lo sguardo sui visi degli alunni della I D.

«Che genere di sorprese?» pensò Bea, con orrore.

– Ma è inutile che continuiamo a parlare – disse la Strozzi, facendo una risatina falsa, in stile regina Grimilde che offre a Biancaneve la mela avvelenata.

– Facciamo parlare i voti! –. Tolse l'elastico dal plico di fogli ripiegati. – Come sempre, chiamerò in base a un ordine decrescente, dal voto più alto al più basso. Mazzanti!

Giacomo si alzò rumorosamente dalla sedia. – Oh mamma! Allora è andato bene!

Anna lo guardò andare alla cattedra con espressione di sufficienza. – E ne dubitava pure?!

– Bravo, Giacomo – disse la Strozzi. – La tua analisi su Don Abbondio è davvero azzeccata. Come al solito non mi hai deluso: ti ho dato nove.

«Eccolo lì» commentò Anna tra sé.

La Strozzi proseguì a chiamare i cognomi.

– Ceriani... Brava Sonia. Mi sei piaciuta molto. Otto e mezzo. Burini... avresti potuto analizzare meglio il rapporto tra Renzo e Lucia, comunque sette e mezzo. Carlotto, Sette. Fortini...

Anna si alzò e andò alla cattedra.

– Non eccelso, Fortini, come al solito – disse la Strozzi tenendo il suo compito in mano come se fosse un foglio puzzolente. – Ma la sufficienza te l'ho data.

– Grazie – rispose Anna diplomatica. Anche se gli eventuali sottotitoli della scena avrebbero rivelato qualcosa di irripetibile.

La Strozzi assunse una finta aria dispiaciuta. – E ora, ahimè... ehhh – sospirò – iniziano le insufficienze.

Bea si girò di scatto a guardare Anna. Il suo sguardo era spaventato.

Tutta la classe si era accorta che Bea non era ancora stata chiamata, e questo era un evento: lei era sempre andata benissimo in italiano. Almeno fino all'arrivo della Strozzi.

Bea chiuse gli occhi, aspettando di sentire il suo nome, ma niente. E presto si accorse di non essere neppure nel gruppo dei cinque.

Allora era a lei che si riferiva quando aveva parlato di sorprese!

Fu solo alla fine che la Strozzi fece una pausa e appoggiò le braccia conserte sulla cattedra. Poi, lentamente, si girò a guardare verso Bea. – Zanardi.

Suonò come una sentenza.

Bea si alzò dalla sedia e, rossa in volto, si avvicinò alla cattedra, aspettandosi il peggio. Ma si accorse a sue spese che, per quanto uno possa prepararsi a una brutta notizia, non sarà mai del tutto pronto alla bastonata che si abbatterà sulla sua testa.

– Tre.

Lo disse così, secco: tre.

Bea deglutì e prese il compito. Sua Falsità Strozzi la guardò per un lungo istante, con un'espressione contrita (della serie "io non avrei mai voluto darti questo voto, sei tu che mi hai costretta"). – Sei andata completamente fuori tema. Ma cosa ti è successo,

Zanardi? Non sembra neanche scritto da te, questo tema.

Bea non riusciva a dire nulla e continuava a tenere gli occhi fissi sul quel tre panciuto marcato in rosso. Era un tre scritto da una mano soddisfatta e orgogliosa, si vedeva.

– Non hai niente da dire? – chiese la Strozzi con retorica.

Bea sospirò e cercò di trovare una frase accettabile nella sua testa. – Non... non mi sembrava fosse così... brutto.

– Brutto?! Ma benedetta ragazza, qui non è una questione di brutto o bello, termini che come ben sai rientrano in una classificazione di tipo *soggettivo*. Il tuo tema è *oggettivamente* sbagliato! Ora te lo faccio sentire io un tema *giusto*. Ceriani?

– Sì, professoressa? – rispose Sonia.

– Vieni alla cattedra e leggi a voce alta il tuo tema sui *Promessi sposi* – ordinò la Strozzi. – Zanardi, ascolta bene *come si fa* un tema.

Sonia andò alla cattedra e, con voce incerta, iniziò a leggere. Bea non ascoltò una parola di quella lettura, ma continuò a guardare davanti a sé, mentre la Strozzi le teneva gli occhi puntati addosso.

Sonia finì di leggere. – Grazie, Ceriani. Va' pure a posto.

La ragazza tornò al suo banco e, mentre passava

di fianco a quello di Bea, la guardò dispiaciuta. «Ti prego, perdonami: non avrei mai voluto farlo.» Bea restituì lo sguardo e scosse la testa per tranquillizzarla: sapeva bene che non era colpa sua.

La Strozzi continuò. – Speriamo, Zanardi, che tutto questo ti serva di lezione. Un po' più di studio e un po' più di umiltà, che dici? Perché ricordatevi, ragazzi: essere figli di un'insegnante d'italiano non vi fa automaticamente diventare Italo Calvino!

Bea si morse un labbro.

– Bene – continuò la professoressa. – Ora apriamo la Divina Commedia, canto...

Ma Bea non ascoltò una parola. Anche se il suo corpo era in quell'aula, la sua testa era ormai lontana anni luce. Non voleva più saperne niente di niente.

Arrivò a casa e dichiarò di non voler mangiare, andandosene dritta nella sua stanza. Eleonora e Diego si scambiarono un'occhiata preoccupata. – E stavolta cos'è successo?

– Speriamo nulla di grave – rispose la mamma. – Non è da lei non mangiare.

– Perché non vai a sentire se ha bisogno di qualcosa?

– Aspettiamo un attimo. Bea non è una stupida: sa che se ha bisogno, noi siamo qui.

Dopo pranzo però Eleonora andò a bussare alla stanza della figlia.

– Avanti.

La madre entrò e trovò la ragazza distesa sul letto, abbracciata al cuscino.

– Cocca, che è successo? – chiese Eleonora sedendosi su un lato del materasso.

Senza dire una parola, Bea tirò fuori da sotto il cuscino il famoso tema sui *Promessi sposi* e lo mise sotto gli occhi sorpresi della madre.

Eleonora lo prese, poi vide il voto e capì in un istante.

– La Strozzi?

Bea annuì.

Eleonora abbassò gli occhi e si mise a leggere il tema in silenzio. Alla fine le porse il foglio. – Non so che dire, Bea. Onestamente non mi sembra un tema insufficiente. Né tanto meno da tre.

– La Strozzi non è della stessa opinione, a quanto pare.

Eleonora non l'aveva mai vista così abbattuta. Cercò di trovare le parole giuste. – Bea, non devi giudicare te stessa in base al voto di un'insegnante che, fin dall'inizio dell'anno, ha dimostrato di non apprezzare il tuo modo di scrivere. Avete semplicemente due modi differenti di vedere le cose. Fino a oggi hai sempre avuto ottimi voti in italiano.

– Sì, mamma. Ma io, con questa insegnante, ci devo fare i conti fino all'ultimo anno, quando avrò la maturità! – disse Bea concitata. – Sempre che mi ammetta agli esami...

– Non dirlo neppure per scherzo.

– Ah sì? E secondo te un tre è uno scherzo? A me sembra un incubo, piuttosto. Tre, capisci?! Fosse stato tra il cinque e il sei... anche cinque, ci stava. Ma tre! Vuol dire che improvvisamente sono diventata un cane a scrivere!

Eleonora non seppe cosa rispondere. La delusione di sua figlia era troppo fresca. E comunque quello che Bea stava dicendo non era proprio fuori dal mondo: in un certo senso aveva ragione.

All'improvviso Eleonora fu presa dallo sconforto. Ma non era dovuto al brutto voto della figlia. No. Semplicemente aveva appena realizzato che Bea era cresciuta e lei non avrebbe più potuto proteggerla come quando era una bambina.

Se fosse capitato un episodio del genere anni prima, Eleonora si sarebbe sentita in dovere di andare a parlare con la professoressa in questione, per cercare di capire cosa fosse successo. Ma ora... ora si rendeva conto che Bea era diventata grande. Poteva starle vicino, poteva consigliarla, ma alla fine ogni decisione sarebbe stata solo ed esclusivamente sua.

Sentì un'ondata di commozione mista a impotenza

arrivarle addosso, così cercò di scacciare quel pensiero. – Bea, – disse con dolcezza e convinzione, accarezzandole la testa – tu sei una ragazza in gamba. E non lo dico solo perché sei mia figlia.

Bea guardò finalmente la madre e gli occhi le si riempirono di lacrime.

– Capisco quanto tu sia confusa per questo incidente, ma sono cose che capitano – proseguì Eleonora. – Non sarà né la prima né l'ultima volta, Bea: purtroppo le difficoltà fanno parte della vita.

Ora Bea aveva il viso rigato di lacrime e guardava nel vuoto in silenzio. Per Eleonora era doloroso veder piangere la figlia. Si chinò ad abbracciarla stretta.

– È così difficile, mamma... – singhiozzò.

– Lo so, piccola. Ma ricordati sempre che tu sei forte e dentro di te c'è tanto coraggio e determinazione. Io e papà siamo così orgogliosi di te!

Rimasero abbracciate a lungo, finché Bea non si addormentò.

Nonostante le parole piene d'amore di Eleonora, per Beatrice iniziò un periodo di declino.

Dopo quell'episodio, infatti, la media di tutti i suoi voti si abbassò e in poco tempo aveva più insufficienze di quante ne avesse mai viste in vita sua. Il tutto condito da un'insicurezza di fondo che rendeva Bea non più "Bea".

Perse l'abitudine di andare a correre, iniziò a non farsi più vedere agli allenamenti di pallamano, sospese le lezioni con Diletta con la scusa dello studio. Smise persino di vedere i suoi amici. Loro tentarono di parlarle ma lei niente, non voleva più sentire nessuno: né Anna, né Giacomo, né tanto meno Edward.

Un pomeriggio però gli scrisse un messaggio.

Da: Bella

Ciao Edward. Ora sono io a chiederti di essere paziente. In questo periodo mi sento giù, molto giù. E ho bisogno di stare un po' da sola, per cui non provare a contattarmi: non ti risponderei. Mi farò sentire io, quando starò meglio. Spero.

Dopo aver inviato il messaggio Bea si sdraiò sul letto. Si infilò il solito iPod alle orecchie (nell'ultimo periodo era diventato un compagno inseparabile) e puntò lo sguardo al soffitto. Rimase così per una buona mezz'ora, concentrata sul suo respiro regolare, con la pancia che andava su e giù, lentamente.

A un certo punto la porta si aprì e comparve Eleonora. Bea spense l'iPod.

– Scusami – disse la madre. – Forse con la musica non mi hai sentito bussare. C'è qui qualcuno per te.

Bea si mise a sedere, incuriosita.

Si sarebbe aspettata di vedere chiunque, ma non *lui*.

Lui, ancora una volta lui.

– Ciao Beatrice – disse Andrea entrando. Eleonora richiuse la porta. – Posso sedermi?

Lei rimase muta, nella stessa posizione.

– È un sì? – chiese lui, appoggiando la sua borsa sportiva vicino alla sedia della scrivania.

Si sedette. I due ragazzi si guardarono per un istante: gli occhi color nocciola di Bea negli occhi blu di Andrea.

– Quindi? – chiese lui.

– Quindi cosa?

– Ah, sai ancora parlare!

– Che cosa vuoi? Perché sei venuto qui? Chi ti ha dato il mio indirizzo?

– Calma, calma... Una domanda alla volta, se no mi sembra di essere sotto processo! Uno: sono venuto a trovarti. Due: nessuno mi ha spinto a farlo, sono io che l'ho deciso.

– Chi ti ha dato il mio indirizzo?

– Hai mai sentito parlare dell'elenco del telefono?

Bea tolse definitivamente l'iPod e lo appoggiò alla scrivania. Solo in quel momento notò il borsone di Andrea vicino alla sedia. – Parti?

– No, Bea. È la borsa per l'allenamento di pallamano.

Lei alzò le spalle. – Ah. È vero: oggi è giovedì.

– Brava. E oggi vieni in palestra con me.

Lei lo guardò come se le avesse proposto un'escursione in mezzo alla giungla del Borneo, alla ricerca della più velenosa specie di ragni equatoriali.

– Non fare quella faccia, sai? Sono serissimo – l'apostrofò. – Anzi, rischiamo di fare tardi –. Si alzò e aprì l'armadio di Bea, alle sue spalle. – Dov'è la tua borsa? – disse cominciando a rovistare.

Era troppo! Bea si alzò all'istante e gli si parò davanti furibonda. – Ehi! Ma che fai?! Chi ti credi di essere?

Lui le si avvicinò a pochi centimetri dal naso con aria decisa. – *Per ora* sono un tuo compagno di squadra e, visto che il campionato sta per iniziare, ti porto in palestra.

Bea incrociò le braccia sul petto. – Ah sì? E si dà il caso che io non abbia *nessuna* intenzione di venire ad allenarmi. Né ora né mai.

Lui inclinò leggermente il capo, con fare minaccioso. – Beatrice Zanardi, non ti conviene sfidarmi.

Lei strinse la mascella. – Andrea Gulinelli, neppure a te conviene. Non ci crederai, ma me la cavo piuttosto bene a calci e pugni, sai?

A lui spuntò un sorrisino. – Ok! Credo allora che ce la potremo giocare così.

Lei trasalì. – *Così* come? Cos'hai in mente? – chiese sospettosa.

– Senti, facciamo un patto: io e te ora facciamo la lotta, e se riesco a bloccarti tu oggi vieni in palestra con me. E ti alleni.

– E se vinco io?

– Me ne vado e non ti rompo più le scatole. Ci stai?

– Fin troppo facile –. Si tolse la felpa e la lanciò sul letto. – Preparati a togliere il disturbo.

Lui fece una sorta d'inchino e si sfilò anche lui la felpa, per stare più comodo: indossava la maglietta della squadra maschile di pallamano, con il numero 7 stampigliato sulla schiena.

Si guardarono ancora un momento.

– Chi dà il via? – chiese Bea.

– Io. VIA! – rispose Andrea avventandosi su di lei di sorpresa.

– Non vale! – urlò Bea. Ma ormai il ragazzo le aveva bloccato i polsi e stava per metterla con le spalle a terra. Bea girò le mani verso l'interno, facendo leva sui polsi di lui, che mollò subito la presa.

– E questa dove l'hai imparata?!

– Ed è solo l'inizio!

Si piegarono tutti e due sulle gambe, le braccia leggermente protese verso l'avversario, e si studiarono. – Comunque sono io che ho deciso di lasciarti andare – precisò lui.

– Ma taci! – esclamò Bea innervosita. Si scagliò contro di lui a testa bassa, puntando dritta sulla sua caviglia destra, che afferrò e tirò verso di sé per fargli perdere l'equilibrio. E infatti così avvenne: Andrea cadde rovinosamente tra la sedia della scrivania e il letto. Con una gamba fece cadere la lampada, che gli planò addosso mancandogli il viso per un soffio.
– Mossa sleale! – urlò lui.

– Senti chi parla! – sbuffò lei, salendogli cavalcioni e bloccandogli le braccia con le ginocchia.

In quel momento si sentì bussare. – Bea, tesoro... tutto bene?! – chiese Eleonora da dietro la porta.

Bea e Andrea si fermarono di colpo: Bea si portò l'indice alla bocca per intimargli di fare silenzio. Poi si soffiò dal viso una ciocca di capelli uscita dall'elastico. – Sì sì, mamma. Tutto benissimo! Anzi... ci faresti un tè, per piacere?

Silenzio.

– Certo –. Si sentirono i passi di Eleonora che si allontanavano cauti. Andrea ne approfittò per dare un colpo di reni e disarcionare Bea, che fu catapultata a pancia in giù sul letto. In un attimo la situazione si ribaltò e lui le fu cavalcioni sulla schiena. Bea cercò disperatamente di puntare le ginocchia, ma lui le schiacciò le gambe sul materasso, usando gli stinchi. Le bloccò le braccia con le sue e si avvicinò al suo orecchio. – Bloccata! – cantilenò. – Ora conto fino a cinque, e se alla fine non riuscirai ad alzarti... avrò vinto io!

Bea cercò di far forza sulle braccia, ma da quella posizione era difficile pensare di liberarsi.

– Uno, due, tre, quattro e... – fece una pausa. – Mi sa che ho vinto io, principessa!

Bea digrignò i denti. – Ti odio! – urlò, cercando di raccogliere le ultime energie per spingere via Andrea. Ma fu inutile.

– Cinque! – esclamò lui trionfante. Le mollò le braccia.

– Scendi! – urlò Bea.

Lui si alzò dalla sua schiena e si mise a sedere sulla sedia della scrivania, sistemandosi i capelli.

Lei si alzò dal letto e andò con passo marziale verso lo specchio del comò, in fondo alla stanza. Era ridotta a uno stato pietoso: la maglia, fuori dai jeans, sembrava appena uscita dalla lavatrice; il viso era tutto accaldato e, su una guancia, c'era il segno rosso di un pizzicotto; la sua coda di cavallo era ridotta a un groviglio.

– Guarda cos'hai fatto! – mugugnò Bea, cercando di riordinarsi i capelli con la spazzola.

Andrea la raggiunse e la guardò attraverso lo specchio con aria divertita. Bea notò che anche lui portava un segno della battaglia (un graffio), ma sulla guancia opposta alla sua. Ma notò anche che aveva

due grandi occhi azzurro-blu che le sorridevano.
– Allora? – chiese lui. – Dove la trovo, la tua borsa?

– Non credere che diventi un'abitudine, Andrea! – disse Bea concitata. – Per questa volta hai vinto tu, ma è *solo* per oggi.

Lui le porse il casco in silenzio e si voltò a sistemare gli zaini nel bauletto. – Vedrai che con oggi cambierà tutto – disse quando ebbe finito.

– Ah sì? – sbottò lei. – Odio questa tua sicurezza! –. Ma si rese conto che sua madre li stava guardando preoccupata dalla finestra. «Povera, chissà cosa starà pensando, con quello che è successo» si disse Bea, affrettandosi a salutarla con un bel sorriso.

Andrea salì sulla moto e le fece cenno di fare altrettanto. Bea sbuffò. – Comunque sappi che questo è l'unico allenamento a cui verrò – disse sistemandosi dietro di lui.

Andrea accese il motore e finché non arrivarono al parcheggio della scuola nessuno dei due aprì bocca.

Nonostante la lotta e il tè bevuto nella cucina di Bea (con la madre che li guardava sospettosa), erano ancora in anticipo per l'allenamento.

Scesero dalla moto. – Stai sbagliando – disse Andrea sfilandosi il casco.

Lei lo squadrò. – Riguardo a cosa, sentiamo.

– A tutto.

– E tu che ne sai? Che cosa sai di quello che sto passando? Che cosa ne sai di quello che ho dentro...

– Abbastanza per sentirmi in dovere di dirtelo. Mia sorella mi ha detto che ti sei tirata indietro dall'insegnamento. E la tua amica Anna mi ha raccontato il resto, vale a dire quello che è successo con il tema d'italiano.

– Ah! – disse Bea piccata. – Quindi il mondo è pieno di persone che non si fanno gli affari loro!

– No! Il mondo è pieno di persone che ti vogliono bene, vorrai dire. E che sono preoccupate per te. Io compreso, cazzo!

Bea ammutolì. Lui afferrò pensieroso una manopola della moto e rimase un attimo a occhi chiusi.

– Senti, Bea. Riguardo al tuo futuro ci sono due alternative. Ipotesi uno –. Alzò il pollice. – Vai avanti così e continui a vivere questa vita a metà, senza più interessi né passioni. E alla fine ti guarderai indietro e ti accorgerai di aver perso gli anni migliori per colpa di un brutto voto.

Bea allargò le narici e deglutì. Sentiva che stava per mettersi a piangere e non voleva.

– Ipotesi due –. Andrea alzò anche l'indice. – Capisci finalmente che queste cose possono succedere, che *nessuno* è perfetto. Ti rendi conto che così non puoi andare avanti e decidi di voltare pagina e di tornare a essere la Bea che tutti conosciamo, intelligente e brillante.

Le lacrime cominciarono a sgorgarle dagli occhi. Avrebbe voluto ricacciarsele indietro a forza, ma stavano vincendo loro. Tutti vincevano, e lei soccombeva.

– Siamo tutti preoccupati per te. Non immagini nemmeno che mobilitazione di telefonate c'è stata, in questo periodo.

Bea ora piangeva.

– Non pensare neppure per un istante che il valore di una persona si possa misurare con un voto – continuò lui in tono sempre più concitato. – Tu hai talento, e non solo a scuola. E in italiano sei una bomba. Credimi.

– Come no... – singhiozzò.

– Smettila! – le asciugò una lacrima. – Guarda che cosa sei riuscita a ottenere con Diletta! Lo sai che l'altro giorno è tornata a casa con un "distinto" preso in un tema?

Bea si bloccò. – Ma dici sul serio?

– Sì! – sorrise lui. – Te la immagini, la piccola Diletta, con un "distinto"?!

Lei si mise a ridere mentre ancora piangeva, tirando su col naso. Andrea le porse un fazzoletto. – Ti rendi conto? Dovevi vedere la faccia di mia madre, le si è sciolto il trucco per l'emozione!

Scoppiarono a ridere tutti e due e Bea si soffiò il naso.

– Ed è merito tuo se, in questo momento, stiamo ridendo a crepapelle del "distinto" di Diletta. Ricordatelo.

Bea annuì timidamente.

Davanti a loro cominciavano a passare i ragazzi della squadra che entravano in palestra. Bea vide anche Anna, tutta sola. In quel momento l'amica si accorse di loro due. Rimase sorpresa e contenta («Bea è qui per gli allenamenti! Allora sta meglio!»), ma per discrezione girò lo sguardo e si diresse verso il portone.

Andrea prese le borse dal bauletto. – Mi sa che è ora di entrare. Allora, sei pronta per tornare in campo?

Bea si passò un'ultima volta il fazzoletto sugli occhi, si schiaffeggiò le guance e fece un bel respiro, con tanto di alzata di spalle. – Ora sì!

Capitolo 9

Febbraio

Dove si narra di treni che passano,
di libri e di film

Da: Bella
Ciao Edward.

Da: Edward
Ciao dolce Bella! Devo dedurre che stai meglio?

Da: Bella
Sì, sto meglio. Sono riuscita a "rompere il guscio". Ma devo essere sincera: senza l'aiuto di una persona non ce l'avrei mai fatta. Tu come stai? Ti sono mancata? ;-)

Da: Edward
Mancata?! Mi sembrava di essere senza ossigeno... Non azzardarti più a sparire, intesi?

Da: Bella
Ti prometto che farò il possibile perché non succeda più :-))

Bea aveva ricominciato a condurre una vita normale. Era riuscita a risollevare tutti i voti a scuola (abbattendo persino il muro di cinque della Tubi!), compreso il tre in italiano. Come aveva fatto? Era solo diventata più furba e si era messa a scrivere esattamente come voleva la Strozzi. Temi lineari, senza troppa creatività, che seguivano pari pari la critica letteraria ufficiale. Certo, le dispiaceva. Non era così che sarebbe dovuta andare, secondo lei. Ma in quel momento Bea doveva percorrere la strada più semplice.

Aveva anche ripreso le lezioni con Diletta, cosa di cui era contentissima. A cominciare dal fatto che, ogni volta che andava dalla sua allieva, Andrea faceva sempre in modo di farsi trovare in casa.

Alla fine tra Bea e Andrea era nata una vera e propria amicizia. Lui, con la scusa di tenerla d'occhio dopo la famosa "chiacchierata di quel pomeriggio" (così veniva ricordata dai due), passava a prenderla ogni giovedì per andare assieme agli allenamenti e poi la riaccompagnava a casa. E così, tra i vari viaggi d'andata e ritorno, si conobbero meglio.

Ovviamente il fatto non sfuggì a Giacomo. – Bea, non avrei mai pensato che tu avessi così buon gusto! – commentò un giorno alzando il pollice in modo complice. Bea aveva sorriso con aria indifferente, ma doveva ammettere che questa sua nuova amicizia le dava una strana sensazione. Non solo perché si rendeva conto che lei e Andrea erano passati da un rapporto di quasi odio a una specie di amicizia, ma anche perché più lo conosceva e più le sembrava di frequentarlo da tanto tempo. C'erano particolari del suo modo di parlare che le erano familiari.

Nello stesso tempo doveva fare i conti con uno strano senso di colpa, perché le sembrava quasi di "tradire" Edward.

Arrivò Carnevale e a scuola fu l'occasione giusta per smollare un po' la tensione di interrogazioni e compiti in classe: infatti il giovedì grasso era tradizione travestirsi. Bea frugò nell'armadio del padre e pescò gilet, cravatta e cappello. Si pettinò i capelli all'indietro con il gel, tutti tirati in una coda bassa, e si disegnò un paio di baffetti alla Clark Gable.

Anna si sarebbe vestita da cinese, con un abito stretto di raso (che le diede parecchio filo da torcere durante la pedalata in bicicletta: arrivò a scuola con il vestito alzato fino a metà coscia).

Prima di uscire di casa, Bea mandò un messaggino a Edward.

Da: Bella
Ciao! Il mio vestito di Carnevale è pronto! Ti mascheri anche tu, oggi?

Inviò. Dopo un po', ecco la risposta di Edward.

Da: Edward
Mmm! Sarei molto curioso di vederti. Chissà da che cosa ti travestirai... Da principessa indiana? O da supereroina, tipo Wonder Woman?

Questa volta Bea si mise a ridere. «Oh, Edward, temo che tu sia completamente fuori strada...»

Quando Bea arrivò a scuola, c'era già il putiferio. Un bellissimo putiferio: tutti in maschera, stelle filanti e coriandoli dappertutto, un'atmosfera di "svacco generale" che sembrava aver contagiato anche professori e bidelle.

Bea andò verso la sua aula. Si accorse di guardare ogni singolo studente maschio con estremo interesse, immaginando di trovare Edward proprio lì, in mezzo a loro. Magari era quello vestito da Giulio Cesare? O quel Frankenstein là, che la guardava da lontano? No, non poteva essere lui... E se fosse stato quello vestito da paninaro? No... Sapeva che non poteva essere così. A parte che Edward poteva abitare a Udine come a Canicattì... Comunque di sicuro non frequentava il suo liceo. Ma in quel momento tutto le sembrava possibile e si lasciò trascinare dalla fantasia, mettendosi a ridere da sola per l'assurdità dei suoi pensieri.

A un certo punto vide Giacomo che la salutava in lontananza: era vestito da... Giacomo: lui non amava mascherarsi. In compenso adorava il clima trasgressivo del Carnevale. Infatti, assieme ad altri tre ragazzi, stava trasportando una sedia su cui era seduto Simone, un ragazzo dell'ultimo anno, travestito da cardinale: veniva portato in trionfo e salutava gli studenti dall'alto con fare maestoso.

Quando la professoressa di filosofia gli intimò di scendere, dicendo che era pericoloso, lui fece finta di benedirla.

«Pensa se fosse lui, Edward» pensò Bea. Lo osservò per un attimo: no, troppo buffone per essere lui. Edward era una persona seria...

– Ehi, sei irriconoscibile!

Bea si girò in direzione della voce. Non credette ai suoi occhi: parrucca bionda, ciglia finte, rossetto che sbordava dalle labbra, top in lurex su una minigonna cortissima, calze blu elettrico (su gambe non depilate) e, ciliegina sulla torta, zeppe ai piedi.

Bea aveva davanti Andrea in versione *drag queen*.

Scoppiò a ridere. – Ah, sarei *io* quella irriconoscibile! Ma senti chi parla!

– Cosa vuoi... tutti noi maschi della classe ci siamo messi d'accordo per fare gli scemi. Comunque è pazzesco – fece lui, sistemandosi la giarrettiera sulla gamba in modo volutamente civettuolo – sembra quasi che io e te viviamo in telepatia, non trovi?

– Già: ci siamo scambiati i ruoli! Dovremmo proprio andare in giro in coppia!

Attimo di imbarazzo di tutti e due. Bea arrossì e cercò subito di rimediare. – Cioè... nel senso, sai come funziona a Carnevale... Si sfila assieme... –. Poi cambiò discorso. – Comunque sto molto meglio io da uomo che tu da donna!

– Già!

– *Enjoy!* – proruppe una voce alle loro spalle. Bea aveva già capito chi li aveva raggiunti e s'irrigidì. Lei e Andrea si girarono nello stesso istante, trovandosi di fronte a una Camilla-tutta-boccoli, vestita da Maria Antonietta. Mai costume era stato più azzeccato.

Camilla si strinse contro Andrea. – *Darling*, avrei bisogno di parlarti un attimo.

Lui stava per ribattere, ma Bea anticipò qualsiasi discorso tra i due. – Be', sta arrivando la mia amica.

Io vi lascio. Ciao! –. Bea aveva visto Anna girare l'angolo e ne approfittò per tagliare la corda da quella situazione seccante.

Camilla, tutta trionfante (e ancora avvinghiata al braccio di Andrea), guardò Bea che se andava. Lui la fulminò. – Che cosa vuoi, Camilla? Ci siamo già detti tutto quello che dovevamo.

Lei fece il broncio. – Ma che cos'è questo tono arrabbiato! Non ti ho mica fatto niente! Volevo solo invitarti al *party* che terrò nella Sala dei Ricevimenti dell'hotel Duchessa Isabella, per il mio diciottesimo compleanno. Sai, mamma vuole che faccia il mio debutto in società.

Andrea cambiò leggermente tono. – Ah, è vero che la prossima settimana è il tuo compleanno... Be', auguri. Ma, in tutta onestà, è meglio che io non venga alla tua festa, Camilla. Non mi sembra il caso. Comunque grazie per l'invito.

Lei sbatté gli occhioni. – Ma è solo una festa, *sugar*! Non è mica un pranzo di nozze! Daaai! Fallo per me! *Come on!* – miagolò.

– Te l'ho già detto: non ho intenzione di venire alla tua festa, non mi sembra il caso. Ora scusa, ma devo andare – si girò e se ne andò anche lui.

Camilla lo guardò allontanarsi, stringendo gli occhi a fessura. «Non ne sarei così sicuro, tesoro» disse tra sé.

Dal canto suo Andrea, mentre si allontanava, avrebbe tanto voluto che la sua uscita di scena fosse un po' più virile di quella claudicante camminata in precario equilibrio su zeppe da dieci centimetri.

Ore 21.37
From: Bella
To: Edward
Object: **Oggi**

Carissimo Edward,
oggi mi sarebbe tanto piaciuto incontrarti. Lo so, ti starai domandando se sono cosciente di quello che dico, proprio io che ho sempre difeso con le unghie e con i denti il nostro rapporto segreto. La risposta è sì, so quel che dico. Pensa che ho addirittura immaginato come sarebbe se tu frequentassi il mio stesso liceo: così guardavo tutti i ragazzi che sfilavano mascherati per i corridoi. Forse è molto infantile ma adesso sono io a essere curiosa: vorrei conoscerti, sapere che aspetto hai! Non sarebbe il caso di...
Va be', 'notte
Bella

Ore 21.46
From: Edward

To: Bella
Object: **Re: Oggi**

"Non sarebbe il caso di..." cosa, Bella? Di incontrarci? Di vederci? Sei sicura che non ti tirerai indietro all'ultimo momento?

Allora, vediamo se saprai prendere questo treno. Dimmi solo dove abiti: giuro che non farò brutti scherzi. Non mi presenterò a casa tua. Ho solo bisogno del tuo indirizzo per mandarti una cosa.

Bea lesse la risposta di Edward e il cuore prese a batterle forte. Che cosa aveva voluto dire? Di quale treno stava parlando?

Decise però di fidarsi e di mandargli il suo indirizzo.

Poi spense il computer, si mise il pigiama e s'infilò sotto il piumone.

Sul comodino c'era un nuovo libro da leggere: *Il Signore degli anelli* di Tolkien. Bea aveva visto il film, ma ora voleva leggere anche il libro (anche se di solito preferiva fare il contrario).

Si tuffò nelle sue pagine.

Ben presto si trasformò in Frodo, ragazzo ed eroe suo malgrado, destinato a portare pace tra i popoli delle Terre di Mezzo. Ma a volte diventava anche il fiero Aragorn, o il veloce Legolas, o Erwin, bellissima e coraggiosa principessa combattente di Rohan.

E, leggendo, non pensò più a niente.

Due giorni dopo (sabato), Bea fu svegliata dal suono del campanello. Per fortuna Eleonora era in casa e andò lei ad aprire la porta.

Dopo un po' sentì bussare alla sua stanza: era sua madre, che teneva in mano una busta imbottita.

– Buongiorno, bella addormentata! Il postino ha portato questa per te.

Bea si mise a sedere e lesse il proprio nome e indirizzo: la scrittura non la riconosceva. E non c'era neppure il mittente.

Notò che sua madre era rimasta lì a guardare. Bea si tolse i capelli dagli occhi e le sorrise un po' a disagio.

Eleonora capì al volo. – Ok. Ti lascio sola. Colazione?

Senza aspettare risposta, uscì.

A quel punto Bea si avventò sulla busta: tempo tre secondi e l'aveva dilaniata. Dentro trovò due biglietti per un concerto.

Lesse e per poco non svenne: Negramaro. Il concerto era a maggio, nello stadio della sua città!

Schizzò fuori dal letto come una molla e si mise a saltellare. Mentre ballonzolava per la stanza, si accorse che dalla busta sbucava un timido post-it giallo. Lo prese.

Notiziona: ho saputo che a maggio (proprio il giorno del tuo compleanno, eh? Che fortuna sfacciata!) c'è il concerto dei Negra nella tua città. Questi due biglietti sono il mio regalo. Puoi scegliere tu con chi andare, ma sappi che, qualsiasi scelta tu faccia, non mi offenderò. Il regalo è tuo e hai il diritto di godertelo come meglio credi.

Auguri, Bella.

E.

Ecco il treno di cui parlava Edward!

Il cuore le batteva a mille.

Ora la palla era passata nelle sue mani.

Nel pomeriggio Bea aveva lezione da Diletta e arrivò in anticipo. Appena varcata la soglia (le aveva aperto la donna di servizio) udì delle voci provenire dal salotto del primo piano.

C'erano due persone che stavano discutendo animatamente. Erano Andrea e sua madre.

Bea salì le scale con cautela, attenta a non farsi sentire. Passò davanti alla porta e proseguì verso la camera di Diletta. Fu inevitabile ascoltare quello che si stavano dicendo.

Andrea: – E io ti dico che non ci andrò!

Giulia: – Senti, non fare l'immaturo, per cortesia, eh! Sua madre ha chiamato *appositamente*: non puoi non andare!

Andrea: – Scommettiamo?

Giulia: – Ci facciamo la figura dei maleducati!

Andrea: – L'invito è per me, mamma. Quindi, al massimo, la figura la faccio io. Ma ti assicuro che non me ne importa un fico secco!

Giulia: – Andrea, mi rifiuto di credere che all'improvviso non ti importi più nulla di Camilla. Sforzati!

Andrea: – E perché dovrei farlo, mamma? Sentiamo. Dammi una buona ragione e io ti prometto che ci penserò su, se non altro.

Attimo di silenzio.

Andrea: – Tranquilla, rispondo io per te: solo perché la sua è una famiglia per bene.

Giulia: – Andrea, per cortesia...

Bea salì veloce le scale e bussò alla porta di Diletta. Ma lei non rispose. Evidentemente era altrove e tra poco l'avrebbe raggiunta (di sicuro la domestica l'aveva avvertita del suo arrivo).

Bea si girò verso la camera di Andrea, attratta da un pensiero tentatore. La porta era socchiusa. Entrò.

La stanza era illuminata da una luce soffusa proveniente da una serie di faretti incastonati alle travi del soffitto. L'effetto era caldo e piacevole. Era una camera abbastanza spartana, come può esserlo solo la stanza di un ragazzo.

«Noi donne siamo molto più portate a circondarci di cianfrusaglie» pensò lei.

Quello che attirò subito il suo sguardo fu la libreria di fronte, piena zeppa di libri e Dvd. Bea si avvicinò curiosa e reclinò la testa di lato per leggere qualche titolo. Prima tra i Dvd: *Il padrino*, *2001 Odissea nello spazio*, *Pulp Fiction*, *Donnie Darko*, *La città incantata*, tutta la serie di *Lost*, *Il Signore degli anelli* ma anche commedie americane come *A qualcuno piace caldo*, *Provaci ancora Sam*.

«Mmm... ottimi gusti!» pensò.

Anche tra i libri c'era un po' di tutto: da *Il giovane Holden* a *Sulla strada* e *Cent'anni di solitudine,* tutto Daniel Pennac, per poi passare ai gialli e horror come *It, Dracula*, grandi classici della poesia (Pablo Neruda, Dylan Thomas, Garcia Lorca) e tanta, tantissima letteratura inglese come *Passaggio in India* e *Il ritratto di Dorian Gray*. Poi c'erano altri libri che ormai erano diventati dei classici per i ragazzi: *Siddharta, Narciso e Boccadoro, Il vecchio e il mare,* tutta la saga di *Twilight*...

Twilight?!

Era come se Bea si fosse tuffata in mare: sentiva tutto attutito. Lontano.

Prese il libro dallo scaffale e iniziò a sfogliarlo lentamente: c'erano alcune frasi sottolineate.

– Bea! Che ci fai qui?!

La ragazza si voltò di scatto, facendo cadere il libro che aveva in mano. La gola le si seccò, quindi fu difficile rispondere alla domanda (lecita) di Diletta, che la stava guardando con aria interrogativa.

– Ehm... Ciao! Io... –. Bea si affrettò a raccogliere il volume e a rimetterlo a posto in qualche modo. – Io... ecco... la porta era aperta e così... insomma, ho visto tutti questi libri e...

Diletta si avvicinò. – Tranquilla. Non gli dirò che sei entrata.

– No, no! Puoi, cioè... io ero solo...

– Curiosa, lo so –. Diletta l'aiutò a mettere a posto. – Visto quanto legge mio fratello? Lui divora proprio di tutto, non è mica come me.

– Non dire sciocchezze: tu sei bravissima. C'era solo una piccola falla in italiano, ma mi sembra che ormai l'abbiamo tappata, no?

Diletta sorrise. – Oh sì! Mia madre non è mai stata così felice. Be', a modo suo, ovvio.

Si misero a ridere.

– Ora infatti mi lascia in pace. In compenso ha preso di mira mio fratello – continuò.

– Ah sì? E perché?

– Non dirmi che non li hai sentiti litigare, prima! – rispose Diletta, sorpresa. – Li sentivo io dal giardino!

Bea alzò le spalle. – Be' sì, forse qualcosina... («che falsa!»)

Diletta la prese sottobraccio e la condusse fuori dalla stanza. – Pare che la mamma dell'Odiosissima creatura abbia telefonato alla mia per obbligare Andrea ad andare alla festa di compleanno al Duchessa Isabella.

Improvvisamente Bea realizzò: allora era quello che Camilla doveva dire ad Andrea, alcuni giorni prima! La festa!

Sospirò compiaciuta.

Mentre entravano nella camera di Diletta si sentì il portone di casa sbattere. – C'era da immaginarselo – commentò la ragazzina. – Penso che mio fratello sia uscito per rinfrescarsi le idee: quando si discute con mamma è l'unico modo per ripigliarsi.

Capitolo 10

Marzo

Dove non tutto è come sembra

Era trascorsa una settimana da quel giorno in casa Gulinelli. Bea ogni tanto si era ritrovata a pensare ai film e ai libri che aveva trovato nella stanza di Andrea. Era incredibile quante cose avesse in comune con quel ragazzo. Era perfino un fan di *Twilight*... che coincidenza!

Comunque aveva altro a cui pensare, questioni molto più urgenti e interessanti, come il concerto dei Negramaro che si sarebbe tenuto a maggio. Ora lei era in possesso di due magnifici biglietti donati da Edward e, in teoria, avrebbe potuto chiedere a *chiunque* di accompagnarla.

L'occasione di confidarsi con qualcuno si presentò una sera in cui lei e Anna avevano deciso di andare al cinema assieme. Si erano trovate in centro un po' prima per un aperitivo alla frutta e poi, inforcate le bici, erano andate al cineforum. In quei giorni c'era una retrospettiva su Woody Allen, uno dei loro registi preferiti. Quella sera avrebbero proiettato *Io e Annie*: esilarante.

Si erano sedute nella fila di mezzo, proprio al centro del teleschermo. La sala era quasi vuota e si prospettava una serata fantastica.

Mancavano ancora dieci minuti all'inizio della proiezione.

– E quindi – ricapitolò Anna – con chi andrai al concerto?

Bea si accucciò bene nella poltrona, con le ginocchia appoggiate allo schienale davanti.

– Credo che la risposta più giusta sia: con Edward. In teoria è lui che vorrei conoscere, ed è lui che mi ha regalato i biglietti.

– Ma...

– Ma a volte mi viene da pensare che non mi dispiacerebbe neppure andarci con Andrea: sta nascendo una bella amicizia.

– *Solo* un'amicizia? Ne sei proprio sicura?

Bea rispose troppo presto e con troppa foga. – Ma certo che ne sono sicura! Che cosa dovrebbe esserci?

Anna alzò le spalle con aria furbetta. – Non lo so. Dimmelo tu! –. Sorseggiò la Coca-Cola dal bicchiere. – In ogni caso, torniamo sempre al solito discorso riguardo al tuo rapporto con Edward: magari all'inizio poteva anche essere divertente, entusiasmante, tutto avvolto nell'aura del mistero... – borbottò agitando le mani davanti al viso. – Ma alla fine cosa rimane? Nulla. Solo tanti messaggini e basta.

– Be', è per questo che ci incontreremmo: si passerebbe a un legame vero.

Anna rimase perplessa. – E non credi – disse infine – che ormai sia troppo tardi?

Bea trascorse tutta la durata del film a pensare e ripensare. Anche Anna si accorse che l'amica era completamente assente. – Ehi, la smetti? – le sussurrò a un certo punto.

Bea si girò. – Ma non sto facendo niente!

– Ti sbagli: gli ingranaggi della tua testolina fanno rumore e non riesco a seguire il film.

Bea si mise a ridere. – Ma fammi il piacere.

– Piattola.

A Bea piaceva il loro modo di scherzare, rispecchiava i loro due caratteri: forti, diretti, senza fronzoli. Era così che si volevano bene: in un modo schietto. Per questo la loro amicizia durava.

Pensò che con Carlotta non avrebbe mai potuto parlare con la stessa franchezza: Ciutz aveva bisogno di essere presa con diplomazia, se no diventava permalosa. Ma Bea le voleva bene anche per questo e le piaceva che l'amicizia con lei fosse così diversa da quella che aveva con Anna.

Alla fine del film, mentre le luci si accendevano, Anna non perse occasione per fare un'altra battuta.

– Allora? Chiederai alla cassa di restituirti i soldi?

Bea sbuffò, ma si stava divertendo. – E perché?

– Perché del film non hai visto *niente*, ovvio!

Le diede una spallata bonaria. – Ma perché siamo amiche?

– Ah, questo non lo so. Anzi, volevo farti la stessa domanda, pensa un po'!

S'infilarono i giubbotti e uscirono insieme al resto del pubblico.

Presero le bici e iniziarono a pedalare verso piazza Ariostea. All'improvviso si accorsero di una gran quantità di gente fuori dall'albergo Duchessa Isabella. Uscivano da una festa in grande stile.

– Guarda lì che fighetti! – commentò Anna passando davanti.

Videro un crocchio di ragazzi, vestiti come pinguini (i maschi) e come giovani Paris Hilton (le femmine). Ma in tutto quel frusciare di sete, chiffon e colori, l'attenzione di Bea fu attratta da una massa di capelli lunghissimi e biondi. Poi improvvisamente riconobbe la voce che si alzò stridula in mezzo alle altre.

– Vorrei ringraziare *everybody* per essere venuti alla mia festa di compleanno.

In quel momento, Camilla riconobbe Bea in bicicletta e nei suoi occhi passò un lampo diabolico. – Ma soprattutto – continuò, scostandosi di lato per mostrare a tutti (ma soprattutto a Bea) il suo trofeo – un grazie speciale allo *special guest* della serata! *I love you*, Andrea!

Bea inchiodò la bicicletta giusto in tempo per vedere Camilla che si tuffava a pesce sulla bocca di Andrea. Fu un bacio accolto da uno scrosciare d'applausi.

Anna, che aveva visto tutto, si girò a guardare Bea preoccupata.

– Bea...

– Andiamocene! – disse secca la ragazza. – Mi viene da vomitare.

Si allontanarono, lasciandosi dietro le spalle l'eco di quel gruppo festante. Bea ribolliva di rabbia.

Anna le pedalava dietro in silenzio.

Ma purtroppo non era ancora finita, perché di lì a poco furono affiancate da un'auto sportiva con a bordo Federico, l'ex ragazzo di Bea.

– Non ci credo! – esclamò lei esasperata.

Lui tirò giù il finestrino. – Ehi, Bea, non sarebbe meglio che lasciassi la bicicletta legata da qualche parte e ti facessi dare un passaggio?

– No, non sarebbe meglio – rispose lei, continuando a guardare dritto davanti a sé.

Anna intanto assisteva impotente alla scena. Sapeva già che di lì a poco la sua amica avrebbe dato l'ennesima strapazzata al poveretto. Perché Fede non demordeva. – E dai. Non vuoi che ti riaccompagni a casa come ai bei tempi?

– Che fossero belli lo dici tu – rispose Bea.

«E due» pensò Anna, rassegnata. Ma di quante mazzate aveva bisogno, quello lì, per capire che non era aria?

– Dai, Bea, non farti pregare. Se vuoi accompagniamo anche la tua amica.

A quel punto Bea inchiodò di nuovo, costringendo Federico a fare retromarcia per raggiungerla.

– Ma lo vuoi capire – urlò Bea, fuori di sé – che non me ne importa un fico secco di essere accompagnata a casa da te e dalla tua auto? Lo vuoi capire o no che voglio essere lasciata in pace?!

A quel punto mise in pratica la sua specialità: la fuga in bici.

Anna e Fede la guardarono svicolare via.

– Di' un po' – disse Anna dopo qualche istante – ma tu arrivi sempre al momento giusto, eh?

Bea era inviperita. Non si era mai sentita tanto presa in giro da una persona. Ripercorse con la mente le ultime settimane trascorse in compagnia di Andrea e dei suoi discorsi. Gli allenamenti di pallamano, le chiacchierate in moto, la fiducia e l'amicizia speciale che stava nascendo tra loro... Cosa c'entrava adesso *lui* con Camilla?

Che nervoso!

Bea arrivò a casa e andò dritto filato in camera sua.

Si buttò sul letto ancora tutta vestita e, non volendo pensare a nulla, s'infilò le cuffie alle orecchie: Negramaro a palla.

Non sapeva perché, ma l'immagine di Andrea con Camilla l'aveva resa furiosa. Sembrava quasi... Bea trasalì. Possibile che fosse gelosia?! Ma figurati... Non era gelosa: le dava solo fastidio che un suo amico stesse con una così stupida!

Quando si fu calmata, decise di mandare due messaggi.

Il primo era indirizzato ad Anna, per chiederle ancora una volta scusa di essere scappata via (*ma capisci anche tu che dopo Camilla tutta boccoli, Federico non lo potevo reggere...*).

Il secondo era per Edward: Anna poteva dire tutto quello che voleva su di lui, ma lei sapeva che era *l'unico* ragazzo affidabile che aveva incontrato.

A: Edward

Ciao. Serata pessima. O forse no, devo solo cercare di vederla da un'altra prospettiva. Volevo dirti che sarò strafelice di andare assieme a te al concerto dei Negra il 17 maggio, giorno del mio compleanno! Segnati la data. Non vedo l'ora di vederti!

INVIO MESSAGGIO IN CORSO... MESSAGGIO INVIATO.

A quel punto Bea si sentì molto meglio. O almeno cercò di convincersene.

I giorni seguenti furono tutto un susseguirsi di rincorse come il gatto con il topo: più Andrea cercava Bea e più lei lo evitava. Da un momento all'altro erano diventati peggio di due estranei, e Andrea non riusciva a capire il perché.

All'improvviso Bea era diventata freddissima e faceva quasi fatica a salutarlo. Quando andava a casa di Diletta per le lezioni, scappava via non appena aveva finito. Per non parlare degli allenamenti di pallamano, dove ormai lei arrivava da sola e se ne andava subito dopo la fine dell'ora.

All'inizio lui aveva pensato che Bea avesse semplicemente la luna storta e che avesse bisogno di essere lasciata in pace. Ma quando vide che la situazione non cambiava, decise di affrontarla.

Un giorno, dopo l'allenamento, Andrea si fece la doccia alla velocità della luce e si piazzò davanti allo spogliatoio femminile. Vide uscire tutte le ragazze, una alla volta: tutte tranne lei. Avrebbe scommesso qualsiasi cosa che si stava attardando apposta per non incontrarlo.

Man mano che le ragazze uscivano (ridendo civettuole nel vederlo appoggiato al muro vicino alla porta), l'ansia di Andrea cresceva. E se fosse uscita ancor prima di lui? E se avesse fatto la doccia in fretta e furia pur di non incrociarlo? Ormai temeva simili trucchetti.

Ma a un certo punto Anna comparve dalla porta dello spogliatoio e lui le andò incontro. – Ciao! Bea è ancora dentro?

Anna lo squadrò. – Sì.

– Ah. Bene. Allora l'aspetto.

La ragazza stava per andarsene, ma poi ci ripensò e si girò. – Se fossi in te, ne farei a meno. Non credo che Bea voglia parlarti.

A quel punto Andrea colse la palla al balzo e le si avvicinò. – Ma si può sapere che cos'è successo? Non ci sto capendo niente: sono due settimane che Bea mi evita.

Lei alzò le spalle. – Be', se non lo sai tu...

– Io? E che cosa dovrei sapere?! Cosa ho fatto?

Anna rimase un attimo sulla porta dell'uscita, incerta se parlare o meno. – Ripeto: ti consiglio di non aspettarla.

– Ah sì? E io invece l'aspetto: mi deve delle spiegazioni, almeno.

– Lei?!? – Anna rise. – Che faccia tosta! Ti saluto.

E se ne andò.

«Ma che cosa ho fatto?» pensò Andrea. E in quel momento *lei* uscì.

Bea s'irrigidì e il suo viso divenne di cera. – Che cosa vuoi? – gli chiese secca.

– Si può sapere che cosa c'è? È da giorni che mi sfuggi!

– Ecco, appunto. Cerca di abituarti, perché io non voglio più avere niente a che fare con te.

– Ma perché? – urlò lui.

Bea però era già uscita dalla palestra e si stava dirigendo verso la sua bici. Lui le corse dietro. La raggiunse e la fece girare a forza, tenendola per un braccio.

– Parla *con me*!

Bea diede uno strattone per liberarsi. – Lasciami stare!

Come se non bastasse, in quel momento arrivò pure Camilla a ingarbugliare ancora di più la situazione.

– *Darliiing!*

Dalla stradina che portava alla palestra si vide una massa di capelli biondi vaporosi. Camilla indossava il solito pellicciotto e una micro-borsetta di Louis Vuitton, jeans aderentissimi, stivali con il tacco e (vezzo finale che fece inorridire Bea) teneva una specie di toporagno in braccio: solo dopo che si fu avvicinata si accorse che si trattava di un chihuahua con un cappottino rosa shocking firmato Chanel.

Il primo pensiero di Bea fu: «voglio uscire da quest'incubo». Il secondo: d'ora in avanti, il nuovo nomignolo di Camilla sarebbe stato "Chihuahua girl".

Bea fece in tempo a girarsi verso Andrea e a fulminarlo con lo sguardo. E lì lui capì che, anche se non ne sapeva ancora il motivo, l'aveva persa per sempre.

– Si può sapere che cosa ci fai qui?!

Andrea e Camilla, rimasti soli sul vialetto della scuola, si guardarono. Lei aveva il suo solito sorrisino stampato in faccia. – Non sei contento che sia venuta a prenderti, amore?

– Non chiamarmi amore! – disse lui spazientito. – Camilla, te l'ho già detto in tutte le maniere. Ora mi manca solo di essere maleducato, e sinceramente non vorrei.

Camilla mise su il solito broncio. – Tanto lo so che poi torni sempre da me. Non mi dirai che il bacio di due settimane fa non ti è piaciuto...

Camilla stava *flirtando* in modo palese.

– Appunto. Vogliamo parlare di quel bacio? E di quella sera? Sai benissimo che sono venuto alla festa solo per non avere altre discussioni con mia madre.

– Ma...

– *Ma* niente, Cami! Hai approfittato per baciarmi

davanti a tutti, per far credere che fossimo ancora assieme. Lo vuoi capire che è finita?! Non siamo fatti l'uno per l'altra. Punto!

A quelle parole taglienti, Camilla s'inalberò. – Non vorrai farmi credere che ti piace quella sfigata?!

Andrea si girò e raggiunse la sua moto.

– Come osi voltarmi le spalle?! – urlò Camilla. Il piccolo toporagno cominciò a tremarle in braccio. – Torna qui!

– Cami, ti stai rendendo patetica – disse lui, calmo. – Stai facendo la figura dell'isterica. Guardati intorno.

Solo a quel punto Camilla si rese conto che alcuni passanti si erano fermati a guardare la scena (la gente si incuriosisce sempre quando qualcuno litiga).

Si ricompose e lo raggiunse.

– Quindi vuoi dirmi che quel bacio non ha significato nulla per te?

– Cami, ti ricordo che io non ti ho dato nessun bacio – rispose Andrea – sei stata tu ad avvinghiarti come un polpo. E se ben ricordi, me ne sono andato subito dopo.

– Ma io pensavo...

– Pensavi male, Cami. È finita, non ho altro da aggiungere.

Andrea mise in moto, lasciando Camilla abbracciata al suo toporagno.

Capitolo 11

Aprile

Dove la salsedine porta scottature, distorsioni e chiarimenti

In seguito a quell'incontro, Bea aveva continuato a evitare accuratamente Andrea, e dopo un po' di tempo lui aveva deciso che, se non poteva scoprire da solo cos'avesse Bea, almeno poteva farlo Edward.

Non gli piaceva continuare a ingannarla sulla sua vera identità, ma questa pagliacciata sarebbe durata ancora per poco.

Lui voleva riavvicinarsi a Bea: questa era l'unica cosa importante.

Un giorno, sulla pagina Facebook di Bella comparve questa scritta:

Ciao pulce! Allora domani parti per i campionati nazionali? In bocca al lupo, e tienimi informato su

come procede. P.S. Come va il periodo strano? *Non mi vuoi raccontare che cos'è successo?*

Bea stava preparando valigia e borsa, ma era molto difficile concentrarsi, visto che pensava a tutt'altro. Realizzò di essere completamente *fuori* quando si accorse di aver infilato in valigia un paio di doposci col pelo, stile yeti.

– Va be' – sospirò.

Il fatto era che l'immagine di Andrea con la Chihuahua girl continuava a perseguitarla. In più, l'idea di dover trascorrere quattro giorni lontana da casa (con lui appresso, visto che faceva parte della squadra maschile) le faceva venire la nausea. Come sarebbe riuscita a evitarlo? Sarebbero stati gomito a gomito in un albergo, accompagnati solo dal coach; avrebbero condiviso giornate di allenamenti e partite, pranzi e cene al ristorante, *sempre tutti assieme*.

A Bea girava la testa.

Di tutta questa faccenda le dispiaceva solo per Diletta.

Nei giorni precedenti non aveva mai toccato l'argomento con la ragazzina, ma anche lei si era accorta che tra suo fratello e la sua insegnante doveva essere successo qualcosa. Diletta aveva cercato di saperne di più, chiedendo sia all'una sia all'altro, ma aveva sempre ricevuto delle non-risposte che valevano meno di una spiegazione.

«Proprio ora che mio fratello è libero...» pensò delusa. In cuor suo, nel più recondito anfratto, aveva sempre desiderato che prima o poi Bea e Andrea si mettessero insieme.

Bea guardò il borsone e cercò di concentrarsi: le magliette c'erano, i pantaloncini pure. Ginocchiere ok, scarpe da ginnastica, pece per le mani... bene, ora poteva dedicarsi alla valigia con i vestiti normali.

Intanto, per fare una pausa, decise di rispondere a Edward.

Sulla pagina di Facebook di Edward apparve:

Ciao Edward. Non è questo il momento (né il posto) per parlare di fatti seri. Ma credo che ti racconterò tutto quando finalmente ci incontreremo. Magari tra una canzone e l'altra, se non saremo troppo presi a ballare :-)

Sì, domani parto. Ma dire che non ne ho voglia è dire poco... Pensami, ti prego. Ho bisogno di influssi positivi.

Quella notte fu parecchio agitata: a Bea sembrò di essere in un girone infernale. Nonostante non facesse ancora caldo, aveva un'arsura che nemmeno nel deserto del Sinai a mezzogiorno. Inoltre aveva la sensazione che le lenzuola la stritolassero, come se avesse un boa nel letto. Continuava a sognare di essere azzannata dal toporagno di Camilla, che per l'occasione si era trasformato in un enorme mastino dalle fauci aguzze. Lei correva come una disperata per cercare di non farsi prendere, e intanto Andrea e l'Odiosissima se ne stavano a guardare, piegati in due dalle risate.

Si svegliò in un bagno di sudore.

Se quelli erano i presupposti della trasferta...

– Non voglio andare! Non voglio andare! – continuava a ripetersi. Ma purtroppo sapeva anche che non aveva scelta: non poteva fingere un'influenza all'ultimo momento, perché avrebbe creato problemi al coach e alla squadra. E lei era una ragazza responsabile: non faceva di questi capricci. Gliel'avevano insegnato i suoi genitori. «Fa' quello che vuoi, Bea: noi ci fidiamo di te. E ricordati sempre che la tua libertà finisce laddove inizia quella degli altri. Ma soprattutto non tradire mai la fiducia che ti danno le persone.»

Bea si alzò e andò a specchiarsi: aveva una faccia orribile. Due profonde occhiaie blu le solcavano il volto.

Senza energie, andò in bagno a lavarsi e poi cercò di rimediare al look da zombie con cui si era svegliata quella mattina. Ma neppure i sei chili di correttore che si spalmò sotto gli occhi riuscirono a cancellare le occhiaie.

Richiuse il cassettino dei trucchi e andò a fare colazione.

Mangiò poco o niente: quello era il segnale definitivo che qualcosa non andava.

Era tormentata.

E non voleva partire.

– Bea, tutto bene?

Suo padre la stava guardando preoccupato mentre lei sbocconcellava annoiata il croissant al cioccolato (che, pure, era il suo preferito).

– Sì... È che non ho molta voglia di partire.

– Di solito non vedi l'ora di andare in trasferta.

– Sì. Di solito...

– E allora? – chiese lui. Da quando Bea aveva avuto quella specie di crisi dopo il brutto voto in italiano, i suoi genitori erano rimasti sempre sul chi va là a raccogliere qualsiasi segnale lanciato dalla figlia.

Bea guardò l'orologio. – Magari quando torno, papà. Ora sarà meglio che mi accompagni al pullman, se no mi lascerà a terra –. E aggiunse sottovoce: – Anche se sarebbe bello.

– Va bene. Andiamo.

Uscirono di casa, accolti da una giornata di primavera inoltrata, con un sole già caldissimo.

– Considerando che il campionato si svolge a Rimini, potrete approfittare per fare qualche bagno d'inizio stagione! – disse lui.

– Mmm... – annuì Bea senza grande entusiasmo.

Suo padre mise in moto l'auto e in cinque minuti arrivarono al parcheggio della scuola. C'erano già diversi studenti che stavano salendo sul pullman.

Bea non poté non notare Andrea e, quando lui cercò di salutarla, girò volutamente la testa dall'altra parte.

Diego, a sua volta, non poté non notare la scena. E capì tutto. Collegò l'umore di Bea degli ultimi giorni e fece due più due: c'entrava Andrea Gulinelli.

– Ciao Bea. Dacci notizie – disse suo padre.

– Certo papà –. Si diedero un abbraccio frettoloso e poi Diego salì di nuovo in macchina. Mise in moto e, dallo specchietto retrovisore, guardò la figlia salire sul pullman.

Magari, una volta rientrata, Bea si sarebbe confidata con loro. O magari sarebbe tornata più serena. Ecco, Diego si augurò proprio che fosse così.

Bea andò a sedersi nel posto che Anna le aveva tenuto vicino a lei. Proprio due file davanti ad Andrea, maledizione!

– Ma che occhiaie hai?! – chiese l'amica, squadrandola.

– Buongiorno anche a te, eh! – mugugnò Bea.

Anna sorrise. – Dai, non fare la permalosa! Notte in bianco?

L'amica annuì.

– E perché?

Bea alzò le spalle. – Pensieri.

Anna alzò il pollice sopra la sua spalla. – Per caso c'entrano con quello seduto dietro di noi?

– ...

– Ok. Risposta affermativa – sospirò. – Comunque, se vuoi saperlo, qualche tempo fa il tuo principe azzurro ha cercato di parlare anche con me.

Bea strabuzzò gli occhi e si avvicinò a pochi centimetri dalla faccia dell'amica. – QUANDO?!

Anna ritrasse il viso. – Mammamia che foga! – commentò sistemandosi meglio sul sedile.

Intanto il pullman partì e uscì dal parcheggio.

Bea guardò Anna impaziente e quest'ultima finalmente continuò. – È stato a marzo, alla fine di un allenamento.

– Ho capito quando! – la interruppe Bea. – Il giorno in cui è venuta la Chihuahua girl a prenderlo!

– Aspetta, aspetta... Hai detto: la Chihuahua girl?!? Ho sentito bene?

– Sì: l'Odiosissima Ragazza. La Barbie.

A quel punto Anna scoppiò a ridere. – Bel soprannome, Zanardi! A volte sei geniale. Comunque – continuò – quel giorno Andrea mi ha chiesto che cosa ti fosse successo e perché lo stessi evitando e... non so, ma a me è parso *sincero*. Cioè, sembrava davvero che non immaginasse il motivo. Sì, insomma, parlo della storia del bacio.

Bea fece un gesto d'impazienza con la mano. – Figurati! Lo sa benissimo! È un Giuda, ecco cos'è.

– Però in realtà...

Bea la fulminò. – Non lo starai mica difendendo?!

– Calma! Io non difendo proprio nessuno. Sto solo cercando di farti ragionare.

– Sì, ok. Scusa.

A quel punto Bea si mise a guardare fuori dal finestrino con aria assente. Poi si annodò una bandana sugli occhi e sbadigliò. – Mi svegli quando arriviamo? Ho davvero bisogno di recuperare.

Arrivarono a Rimini verso mezzogiorno. L'albergo era proprio sul mare. Sembrava estate: il sole, l'odore della salsedine, il rumore delle onde, il vento tiepido. I ragazzi scesero dal pullman vociando contenti.

– Bene! – disse il coach davanti alle porte dell'albergo. – Ora vi dico il programma. Le stanze sono da due e queste – distribuì intanto un foglio – sono le coppie.

Ovviamente Bea era assieme ad Anna.

Il coach continuò. – Ora andremo a registrarci alla reception e alle 13 in punto si pranza. Allenamento questo pomeriggio dalle 16 alle 18.

Alvise, un ragazzo carino della squadra maschile, alzò la mano. – Coach?

– Sì?

– Quindi vuole dire che fino alle 16 siamo... liberi?

– Sì – rispose l'allenatore. – A patto però che non combiniate guai.

Ci fu un'esplosione di salti e grida entusiaste.

Anna si girò a guardare Bea. – Mare?

Lei alzò il braccio e insieme batterono un cinque. – Ovvio.

Si catapultarono in massa alla reception per registrarsi e poi tutti a mangiare.

Si erano già create alcune simpatie tra i membri delle squadre maschile e femminile. E, inaspettatamente, anche Anna aveva mostrato una certa preferenza per qualcuno: proprio Alvise.

Bea ne ebbe la conferma a pranzo, quando notò che l'amica aveva fatto di tutto per andare a sedersi vicino a lui (con un impressionante allungo dal buffet al tavolo, rischiando di sfracellarsi al suolo assieme al piatto dell'insalata).

La placida e impassibile Anna... Tanta agitazione non era da lei.

Dopo pranzo, un gruppetto di ragazze composto da Anna, Bea, Claudia e Gioia prese gli asciugamani dalle rispettive stanze per andare in spiaggia. Era incredibile che fosse solo aprile, con quel caldo.

– Ragazze! Ma ci saranno almeno 25 gradi! Che meraviglia! – esclamò Gioia.

– Già – disse Bea stendendosi. – Peccato solo che dopo abbiamo gli allenamenti. Se fosse per me starei tutto il pomeriggio a dormire.

– Se fosse per te – intervenne Anna, mentre si spalmava la crema protettiva sul viso – non saresti neppure venuta a Rimini.

Silenzio.

Gioia e Claudia guardarono Bea, che era rimasta in silenzio con gli occhi chiusi. – Bea, è vero? – chiese Gioia.

– Mmm... Non datele retta. Oggi Anna ha voglia di mettere il naso nei fatti degli altri – rispose assonnata.

– Oddio, stanno arrivando i ragazzi! E c'è anche Alvise! – cinguettò Anna, guardando oltre gli ombrelloni.

Bea si alzò a sedere di scatto, temendo di vedere... Sì, c'era anche Andrea. Il gruppetto si avvicinò alle ragazze.

– Possiamo stenderci qui con voi? – chiese Alvise.

– Certo! – rispose Anna emozionata.

Bea si sdraiò di nuovo, augurandosi che Andrea non facesse la pazzia di... e invece lo fece.

Aveva messo l'asciugamano proprio vicino a lei e ci si era seduto sopra. Aveva tutta l'aria di uno che voleva parlare. Infatti: – Io e te dobbiamo parlare – le sussurrò, mentre gli altri chiacchieravano tra loro del più e del meno.

Bea si girò a pancia in giù: sentiva già la pelle e il viso friggere per il sole. Lui se ne accorse.

– Sei tutta rossa: ti sei messa la crema?

– Smettila di fare quello che si preoccupa – lo incenerì lei. – Lasciami...

– ...in pace, sì, me l'hai già detto. Ma io non voglio. Prima almeno dobbiamo parlare.

Bea affondò la testa in mezzo alle braccia. In sottofondo sentiva Anna che parlottava con Alvise, mentre Gioia e Claudia si erano messe a giocare a beach volley lì vicino sulla spiaggia con Franz, Nico, Giacomo e Zeno.

Andrea tornò alla carica. – Allora?

– Allora cosa? – chiese Bea senza alzare la testa.

– Mi dici che cosa ti ho fatto?

A quel punto lei si alzò. – Basta! – urlò. – Dammi tregua! Possibile che tu sia così... così... *petulante*?!

Anna e Alvise si zittirono immediatamente. Anche i ragazzi che stavano giocando a pallavolo fermarono la palla: la voce di Bea aveva sovrastato tutti.

Bea e Andrea si guardarono per un lungo istante, ma questa volta lui non aveva la solita espressione gentile e affabile. Anzi.

– *Petulante*, hai detto? – disse il ragazzo, scandendo bene le parole. I suoi occhi erano glaciali, tanto che per un attimo Bea ne fu spaventata e quasi si pentì di aver usato quel termine.

Lui raccolse il suo asciugamano. – Questa è l'ultima volta, ripeto *l'ultima volta* che provo a parlare con te. D'ora in avanti sarai esaudita e ti lascerò davvero in pace.

Poi si girò verso Alvise. – Io vado in camera – disse asciutto. – Ci vediamo più tardi per l'allenamento.

S'incamminò verso la porta secondaria dell'albergo, che si affacciava proprio sulla spiaggia.

Bea si sedette di nuovo sul suo asciugamano.

– Ma cos'è successo? – chiese Anna, basita.

L'amica però non rispose e si distese di nuovo a pancia in giù, con la testa incuneata tra le braccia conserte. E, mentre gli altri tornarono a giocare, lei si sentì pervadere da una tristezza infinita.

Alle 15.30 si trovarono tutti nella hall per prendere il pullman che li avrebbe portati al palazzetto dello sport di Rimini. Il coach guardò la faccia di Bea con aria preoccupata: sembrava un semaforo. – Zanardi, riuscirai ad allenarti con questa scottatura?

Gioia e Claudia si misero a ridere.

– Certo, Mister – rispose Bea mostrando sicurezza. In realtà stava soffrendo le pene dell'inferno.

– Bene! – disse lui. E le diede una pacca sulla spalla che le fece scendere una lacrima involontaria: la schiena le bruciava ancor più della faccia. Si maledisse per non aver usato la crema protettiva (e sì che *qualcuno* l'aveva avvertita!).

Arrivarono al palazzetto e si cambiarono. Per Bea quell'allenamento fu un incubo per più di un motivo: le bruciava dappertutto e ogni volta che qualcuno la sfiorava vedeva le stelle; in più si era resa conto che Andrea stava davvero per i fatti suoi e non la degnava di uno sguardo.

Bene. Non era quello che voleva?

La conferma arrivò la sera stessa, dopo la cena in albergo, quando tutti, compreso il coach, uscirono su viale Vespucci per andare a prendere un gelato. L'unico che non si aggregò fu proprio Andrea, che disse di essere stanco.

– Gran bella situazione – sussurrò Anna all'orecchio di Bea.

Il giorno dopo c'era la prima partita, ma Bea si svegliò stanchissima. Non aveva chiuso occhio per tutta la notte: ogni volta che si muoveva tra le lenzuola, la sua pelle gridava vendetta. Così aveva sul groppone ben due notti insonni.

– Zanardi, sicura di stare bene? – le chiese a colazione il coach. – La tua faccia è... gonfia!

– Tranquillo, Mister.

Si accorse che Anna la guardava preoccupata mentre mangiava yogurt e cereali. – Dovresti dirgli che non hai dormito. Non puoi giocare in queste condizioni.

– Andrà tutto bene – le sorrise Bea. – Non mi va né di raccontargli i fatti miei...

– ...né di ammettere che ieri, prendendo il sole, hai fatto una scemenza – la anticipò lei.

– Già.

Anche durante la colazione Andrea rimase assieme al gruppo dei ragazzi e parlò solo con loro. Bea, che continuava a fissarlo come se fosse ipnotizzata, non lo vide mai alzare lo sguardo verso di lei. All'improvviso era diventata come invisibile!

Arrivò il pullman per portarli al palazzetto dello sport: alle 10 sarebbe cominciata la partita dei ragazzi e nel primo pomeriggio quella delle ragazze. Vinsero tutte e due le squadre: i maschi con facilità, le femmine con un po' più di fatica. E tutti sapevano perché: di solito si faceva affidamento sulla velocità di Bea per rompere la difesa e sprintare in contropiede. Ma questa volta lei, stanca com'era, riuscì a malapena a non perdere la palla appena gliela passavano.

Comunque la spuntarono per sette reti contro sei delle avversarie. E pace per tutti.

Ma se quella giornata era scivolata via liscia, quella successiva sarebbe stata molto più difficile. Bea lo sapeva: c'erano ben due partite in programma, una al mattino e una al pomeriggio.

Per cercare di recuperare le forze, Bea decise di andare

a letto presto. Vide Anna che si vestiva per uscire: questa volta Alvise l'aveva invitata a mangiare un gelato da soli. La guardò prepararsi: non le sembrava vero che quella ragazza in fibrillazione fosse Anna. Era proprio lei quella che ora si stava agitando su quale maglietta indossare, su come pettinarsi i capelli, sul profumo da spruzzarsi e perfino su come ridere («Bea, non trovi che a volte la mia risata sembri il nitrito di un cavallo?»).

Anna e le sue preoccupazioni di ragazza quasi innamorata misero Bea quasi di buonumore e per un po' si dimenticò della tristezza che provava da quando erano arrivati a Rimini.

Aiutò Anna a prepararsi in modo impeccabile e quando dalla finestra la guardò allontanarsi mano nella mano con Alvise il suo volto si aprì in un sorriso felice.

Quella notte, però, di nuovo non dormì. Un po' per i soliti pensieri, un po' per gli strascichi della scottatura, un po' perché Anna, quando rientrò, la svegliò tutta emozionata («Scusami, Bea, ma ho tanto bisogno di parlare... Ci siamo baciati!» era una di quelle frasi che meritano *minimo* una chiacchierata notturna).

In sostanza, Bea riposò a dir tanto due ore.

E il giorno dopo la pagò a caro prezzo.

La mattina successiva, per la prima volta Anna non si sedette vicino a Bea sul pullman. Ovviamente chiese il permesso all'amica, anche se con un po' d'imbarazzo.

– Sicura che non ti offendi? – le chiese.

Bea la rincuorò subito. – Non dirlo neppure per scherzo! Anzi, mi offenderei del contrario –. E per sottolineare le sue parole, spinse Anna verso le poltrone in fondo, dove Alvise la stava già aspettando. – Va' da lui, stupida!

Anna la guardò riconoscente. – Grazie! –. E trotterellò per il corridoio, felice come una bambina.

Senza neppure sapere perché, Bea si voltò con la sensazione di avere un paio di occhi puntati addosso. Bingo! Non pensava che sarebbe stato ancora possibile incrociare lo sguardo di Andrea.

– Bea, ti svegli o no? Possibile che non riesci a bloccare la numero 3?

Il coach aveva chiamato il time out e ora la stava strigliando a dovere. Non gli pareva possibile di essere alla terza partita del campionato (che la squadra femminile stava perdendo) e di non poter contare su una delle sue giocatrici migliori.

– Ha ragione, coach – disse Bea mortificata.

– E allora, se ho ragione, fammi vedere che la placchi! – urlò lui.

Bea si asciugò esausta la fronte e bevve un sorso d'acqua dalla bottiglietta.

I ragazzi (che erano usciti vincitori da entrambe le partite della giornata) stavano assistendo all'incontro facendo un tifo sfegatato. Anche perché, a dirla tutta, le ragazze ne avevano davvero bisogno, visto che erano sotto di due reti e mancavano solo dieci minuti alla fine.

Bea era stremata: voleva reagire a tutti i costi, ma sentiva di essere al capolinea delle sue riserve d'energia. L'unica cosa che desiderava era dormire un giorno di fila.

Mentre l'arbitro fischiava per richiamare le giocatrici in campo, Bea si picchiettò la faccia con l'acqua fresca, sperando di svegliarsi.

La palla spettava alla squadra avversaria, che subito partì all'attacco. E da lì in poi, per Bea fu tutto nebuloso e rallentato.

Dalla sua posizione vide una serie di passaggi veloci tra le giocatrici, finché la palla non approdò nelle mani del terzino sinistro avversario che, invece di tirare in porta, la lanciò sopra la sua testa. Dietro di lei comparve un'altra giocatrice, che prese la palla al volo e si lanciò verso la rete come un proiettile. Bea si voltò di scatto, cercando di bloccarla; ma, per un'inspiegabile ragione, le sue gambe (soprattutto quella destra) rimasero inchiodate al terreno.

Sentì una fitta lancinante al ginocchio nello stesso momento in cui la sua avversaria scagliava la palla e faceva rete.

Mentre dalla panchina arrivava un urlo di esultanza, Bea rimase stesa a terra e sui suoi occhi calò un velo nero. Negli attimi successivi riuscì solo a sentire un brusio di voci che si accalcavano intorno a lei.

– Bea! –. Questa era Anna.

– Chiamate subito un'ambulanza! –. Questo era il coach.

– Bea... rispondimi!

Raccolse tutte le sue forze e riuscì ad aprire gli occhi per un attimo: chino su di lei c'era Andrea, che la fissava con aria preoccupatissima. Poi gli occhi le si richiusero, facendola piombare in un buio totale.

Si svegliò in una camera tutta bianca e capì subito di trovarsi in un ospedale. Alzò la testa e vide che la sua gamba destra era fasciata per tutta la lunghezza. Si ricordò di quello che era successo e il primo pensiero che le attraversò la mente fu: «Lo sapevo che non dovevo venire a Rimini».

– Bea!

Si girò e vide che era appena entrata Anna. – Finalmente ti sei svegliata! Pensavamo che non ti riprendessi più.

– Quanto ho dormito?

Anna spalancò gli occhi. – È da ventidue ore che sei in questo letto.

– Che cosa?!? –. Poi cercò di ricordare. – E la partita?

– L'abbiamo persa: quello è stato l'ultimo gol che abbiamo subito. Quando tu ti sei stirata il legamento.

Bea si guardò la gamba. – Oh, allora è uno stiramento.

– Sì. È successo che Gioia, che era vicino a te, ha perso l'equilibrio e ti ha pestato un piede proprio mentre tu ti lanciavi per fermare l'avversaria che stava tirando. Così il tuo corpo si è girato, ma il ginocchio è rimasto lì bloccato.

Bea chiuse gli occhi, ripensando ancora al dolore che aveva provato. Cercò di spostare la gamba.

– Sta' buona: non devi muoverla. E comunque – continuò Anna – erano tutti preoccupati per il fatto che non ti riprendevi. Pensavano fossi in coma, e invece – disse ridendo – si è scoperto che stavi solo ronfando della grossa. Ma quanto sonno arretrato avevi?

Bea si accarezzò la testa. – Parecchio!

Rimasero in silenzio per un po' e Anna le prese una mano. – Cha paura mi hai fatto prendere! E non solo a me: eravamo tutti in ansia. Pensa che il coach continuava a dire di sentirsi in colpa per non averti sostituito a metà partita!

Bea sorrise. – Poveretto... Mi spiace, non è colpa sua. Ora dov'è?

– È andato a prendersi un caffè: è stato qui tutta la notte, assieme ad Andrea.

– Andrea?!?

Anna annuì. – Proprio lui. Non ti ha lasciata sola un minuto. È stato lui che ha chiamato i tuoi per avvisarli e spiegargli che andava tutto bene.

Bea era incapace di parlare.

Anna le strinse di nuovo le mani e la guardò dritta negli occhi. – Quel ragazzo ti vuole un mare di bene. Fidati di me, dagli una possibilità.

In quel momento fece capolino proprio lui. – Ciao.

Bea trasalì.

– Posso entrare?

– Sì, certo – rispose lei.

Andrea varcò la soglia e nello stesso istante Anna dichiarò: – Oh, devo andare: Alvise mi aspetta giù. Ciao, Bea, ci vediamo stasera quando ti dimettono.

Era arrivata la resa dei conti.

– COS'È CHE AVREI FATTO, IO?!? – urlò Andrea.

In quel momento entrò un'infermiera a rimproverarli. – Se gridate un'altra volta vi divido! Intesi?

Abbassarono gli occhi. – Sì. Ci scusi – risposero in coro.

L'infermiera li fissò severa e poi uscì. Andrea intanto si era avvicinato al letto di Bea e si era seduto. – Io non ho proprio baciato nessuno! – disse a voce più bassa ma ugualmente pungente.

– Ah sì, ne sei proprio sicuro? E come la mettiamo con quel bacio che ti ha dato Camilla la sera della sua festa?!

Andrea rimase a bocca aperta e poi, pian piano, il viso gli si distese ed esplose in una sonora risata.

– Smettila! Non c'è niente da ridere! – gli intimò Bea, stizzita.

Ma lui continuò.

La ragazza incrociò le braccia sul petto. – Sono contenta che tu ti stia divertendo tanto! – sibilò.

Andrea era praticamente sdraiato sul letto, con le lacrime agli occhi, e intanto si teneva la pancia con le braccia. – Oddiodio... oddiodio...Ti giuro, Bea – disse, asciugandosi gli occhi con una mano – che non ho mai riso tanto...

– Vedo! Io invece non mi sto divertendo per niente!

Andrea si ricompose e si sedette di nuovo dritto. – Ma davvero hai creduto che io e la Cami fossimo tornati assieme?

– Perché? Non è così?

– NO! – urlò lui.

– Ssst – disse lei agitando una mano. – Se no ci sbattono fuori! –. Lo fissò. – Che cosa ci facevi allora alla sua festa? E perché vi stavate baciando? Guarda che ho visto tutto: stavo passando di lì in bici.

– Oh no, cara. Tu hai visto la Cami che baciava me! E comunque, prima di tutto sono andato alla festa per non avere più discussioni con mia madre. I patti erano: io vado alla festa, ma poi tu mi lasci in pace. In secondo luogo, se tu fossi rimasta lì ancora un attimo, avresti visto che subito dopo sono andato via, lasciando lì Camilla a sbraitare.

Bea rimase zitta.

– Puoi chiedere a chiunque fosse lì alla festa!

– E allora perché ti è venuta a prendere all'allenamento? – lo incalzò lei.

– Quando? Il giorno che io ho cercato di parlare con te?

– Bravo! Proprio quella volta.

– Bea, sarei un bugiardo se ti dicessi che la Cami non vuole tornare assieme a me, ma questo non vuol dire che lo voglia *io*! Come le ho detto quella sera, per me la storia è chiusa.

Lei si guardò le mani. – Dici davvero?

Lui gliele prese. – Ma certo! Te lo giuro!

– Non giurare! Non mi piace.

– Ok, va bene. Non giuro. Ma ti do la mia parola. Va bene così? – disse Andrea prendendole il mento tra pollice e indice. Un gesto talmente inaspettato che Bea arrossì.

– Sicura che non hai nient'altro da chiedermi? – sussurrò lui avvicinando il viso. – Voglio che tra noi non ci siano segreti.

Bea si sentiva rimbombare la testa. Sentiva il tocco delle sue dita sul viso e vedeva i suoi occhi blu così vicini... Abbassò lo sguardo sulle sue labbra e desiderò baciarle.

Quell'attimo si stava dilatando in una bolla che si perdeva in aria. Bea si ricordò di aver letto da qualche parte che il momento più magico di un bacio non è il bacio in sé, ma l'esatto istante che lo precede. Chiuse gli occhi, abbandonandosi allo sfarfallio che sentiva nello stomaco, e...

La porta si spalancò.

Andrea si ritrasse come un fulmine e schizzò in piedi, facendo finta di trovare molto interessante la bottiglietta dell'acqua sopra il comodino vicino al letto; Bea prese le lenzuola e le portò automaticamente verso il petto, come per coprirsi («che gesto idiota! Neanche fossi nuda!»).

– Zanardi! – esclamò il coach, entrando tutto agitato. – Non ti azzardare più a farmi uno scherzo del genere, capito?! Per colpa tua ho perso dieci anni di vita!

Bea non capì. – In che senso?

– La prossima volta devi dirmelo, se sei stanca e non te la senti di giocare. Intesi?

Bea sospirò sollevata. – Promesso, coach!

Capitolo 12

17 Maggio

Dove una canzone svela molte cose

Era trascorso quasi un mese dal campionato nazionale. Le ragazze avevano perso, ma i ragazzi avevano conquistato il primo posto. Bea si era rimessa dallo stiramento al ginocchio ed era quasi come nuova.

Con Andrea tutto sembrava tornato alla normalità, ma nessuno dei due aveva mai più accennato a quello che era successo (o meglio: *non successo*) nella stanza d'ospedale.

Era il 17 maggio, il giorno del compleanno di Bea, e quella sera lei avrebbe conosciuto Edward.

Si era svegliata emozionatissima.

Sentiva che quello sarebbe stato un compleanno speciale. E non solo per il concerto... Avere un anno in più le faceva effetto. Diciassette anni: si stava avvicinando ai diciotto, la maggiore età.

Bea si era alzata diversa, come se sapesse che quel giorno si sarebbe aperto un corridoio verso la maturità. Era strano da spiegare, anche a se stessa: era una questione di sensazioni, anzi, di percezioni. Si sentiva più grande. Cresciuta. Padrona della sua vita.

E, se si guardava attorno, notava che in quei mesi gli eventi si erano susseguiti in modo tale da far sì che le cose si sistemassero anche per le persone che amava: Anna si era messa con Alvise e non era mai stata così dolce e serena; Ciutz aveva il suo Alessandro, e stranamente questa volta sembrava davvero il ragazzo giusto: stavano assieme da più di sei mesi e questo per la sua amica era un record. Diletta era diventata una bomba in italiano, e continuava a migliorare. Perfino Giacomo era diventato più maturo. Continuava ad aspettare il suo principe azzurro, ma sapeva che prima o poi il vero amore sarebbe arrivato anche per lui e aveva smesso di correre dietro a tutti i ragazzi che gli passavano davanti. Infine Edward, dopo mesi e mesi di anonimato, sarebbe diventato una persona reale, in carne e ossa, non più un amico con cui scambiare stupidi messaggi.

Sì, stupidi. Bea aveva concluso che le sue amiche avevano sempre avuto ragione nel criticarla tanto per quell'amicizia vissuta in modo un po' vigliacco, correndo dietro a frasi scritte in centoventi caratteri su un cellulare.

Aveva capito che i rapporti vanno consumati, sia negli aspetti belli sia in quelli più difficili. Le persone vanno conosciute e guardate in faccia. Le mani vanno intrecciate. La pelle sfiorata e annusata.

L'amore ha bisogno di presenza. Fa niente se non è come nelle favole, dove le persone sono tutte bionde e sorridenti, i castelli immersi nel verde e la natura rigogliosa.

Ed era strano che questa riflessione arrivasse proprio il giorno in cui Bea avrebbe dovuto fare i conti con se stessa: non solo con un anno in più addosso, ma anche con una nuova scelta da compiere.

Da quando era tornata da Rimini aveva capito quanto Andrea fosse diventato importante per lei e, di rimando, quanto Edward fosse un'immagine sfocata, una sagoma composta da belle frasi. Anna diceva che Edward era un fidanzato da Baci Perugina. Bea rideva, ma sapeva che era vero.

Quella sera avrebbe dato un volto a questo "fidanzato da sms", e avrebbe capito subito se lui fosse degno delle sue aspettative.

Anche se, nel frattempo, nella sua vita era arrivato Andrea...

Nonostante non fosse ancora successo nulla fra loro, era innegabile che si percepiva qualcosa di forte.

Cosa sarebbe capitato domani, con Edward e

Andrea veri e reali? Finora l'uno non escludeva l'altro, perché si trovavano su due piani diversi: uno "principe dei sogni" e l'altro "amico (e forse qualcosa di più) nella vita vera". Ma da domani?

Quel pomeriggio, mentre si preparava per il concerto dei Negramaro, Bea si sentiva un po' come Cenerentola al ballo. Solo che mentre quest'ultima, dopo la mezzanotte, sarebbe tornata a essere la ragazza che sogna la vita al castello con il suo principe, Bea sarebbe entrata nel mondo dei suoi diciassette anni. Il mondo della verità.

Andrea le aveva chiesto di incontrarsi in centro verso metà pomeriggio, prima che lei andasse al concerto. Voleva darle il suo regalo di compleanno e farle gli auguri di persona.

Quindi, mentre si vestiva per uscire, Bea non sapeva se si stesse facendo bella più per incantare Andrea o per fare colpo su Edward. Chi era il destinatario di quel tubino di maglina nera (proprio lei che non si metteva mai le gonne!), di quei capelli mossi e profumati, fermati solo da un doppio nastrino di raso, di quelle ballerine argentate?

Scosse la testa: se avesse continuato ad arrovellarsi su quelle domande probabilmente non sarebbe arrivata alla fine della giornata.

In ogni caso, per essere davvero sicura di aver

scelto il look giusto, si scattò una foto con il cellulare e mandò un mms a Ciutz, la sua consulente d'immagine.

Da: Bea
Che te ne pare? Sono passabile? (Bada a come rispondi, Ciutz: sono talmente tesa che non potrei sopportare critiche!)

Dopo un po' arrivò il responso.

Da: Ciutz
Ma scherzi?! Sei incantevole! È proprio vero che l'amore rende meravigliosi! Auguri, tesoro: sia per i tuoi diciassette anni che per la serata. Solo una domanda: chi sceglierai, alla fine? :-D

Ovviamente Carlotta sapeva tutto: nelle ultime settimane (man mano che si avvicinava il momento della verità) Bea si era confidata anche con lei.

La ragazza infilò il cellulare nella borsetta, assieme ai biglietti del concerto. Mise le cuffie dell'iPod alle orecchie e uscì di casa.

I suoi genitori l'avevano già festeggiata a pranzo, regalandole il vestitino che aveva addosso. Bea sperò che le portasse fortuna.

Anche se il pomeriggio era ancora caldo, si

allacciò uno scaldacuore lilla sulle spalle e salì in bicicletta.

Aveva la tachicardia.

Andrea la stava aspettando seduto a un tavolino all'aperto del Leon d'Oro. Portava una camicia bianca, un paio di jeans scuri e le Converse ai piedi.

Le mancò il respiro da quanto era carino, ma fece finta di niente, cercando di sembrare tranquilla e a proprio agio. Agitò la mano per farsi vedere.

Lui ricambiò affabile il saluto e sorrise. – Ciao! – disse sfilandosi gli occhiali da sole.

Bea si avvicinò. – È tanto che aspetti? – chiese, togliendosi le cuffiette e appoggiando la bici. Si sentiva impacciata (per via della gonna) e osservata.

Lui si alzò e le diede un bacio sulla guancia, sfiorandole la schiena con una mano. – Bea, fattelo dire: oggi togli il fiato tanto sei carina.

Il viso di lei avvampò. Fece una risatina per mascherare l'imbarazzo, ma risultò molto forzata.

– Grazie – rispose, ma le uscì una voce gracchiante: aveva la gola secca.

– Che cosa prendi, festeggiata? – chiese lui. – Offro io!

– Che gentile! Ho proprio bisogno di bere qualcosa... Un chinotto.

Andrea alzò un braccio e ordinò.

Poi scese il silenzio: Bea iniziò a tormentarsi il vestito sulle ginocchia e lui la guardò con aria birichina. – Hai intenzione di fare a brandelli l'abito prima della fine della serata?

Lei arrossì di nuovo e poi via con un'altra risata stupida. – No, certo che no...

– Ah ecco! Perché non sarebbe molto decoroso presentarsi in mutande!

Scoppiarono a ridere entrambi, e questa volta anche Bea si rilassò.

Ma proprio mentre stavano ridendo, rimasero a bocca aperta sentendo una voce cinguettare: – *Darliiing!*

Andrea chiuse gli occhi rassegnato. – Non ci posso credere.

Si girarono nello stesso istante, immaginando già chi si sarebbero trovati di fronte: Camilla, la Chihuahua girl.

Infatti era lei, ma la vera notizia era che quel *darling* non era rivolto ad Andrea, ma al ragazzo al quale era avvinghiata, il suo nuovo fidanzato, che altri non era che Federico, l'ex spasimante di Bea!

Sfilarono davanti a loro, parlottando e sbaciucchiandosi, incuranti delle occhiate esterrefatte dei due ragazzi seduti al tavolo.

Dopodiché Bea e Andrea si scambiarono una rapida occhiata e scoppiarono a ridere come matti.

Era incredibile come il destino a volte giocasse a scacchi con le persone, creando combinazioni inaspettate.

Bea e Andrea erano ancora piegati in due dalle risate. – Come si dice? Tutto è bene...

– Ti prego... – bofonchiò lui tra i singhiozzi. – Smettila... Sto morendo...

Andarono avanti ancora per un pezzo, tanto che la cameriera li guardò e si mise a ridere pure lei, contagiata da tanta allegria.

Finalmente si calmarono e Andrea porse un fazzoletto a Bea per asciugarsi le lacrime.

– Pensavo di soffocare – esclamò lei.

– Pazzesco!

Rimasero a guardarsi ancora un attimo, e ogni tanto, a turno, facevano una risatina.

A un certo punto Andrea si chinò per prendere un sacchetto di carta posato vicino alla sua sedia. Glielo porse.

– Buon compleanno, Bea.

Lei lo prese, balbettando un "non dovevi".

– Perché? Sono cavolate quelle che si dicono. Frasi di circostanza. Certo che *non dovevo*, ma *volevo*!

Lei sorrise. – Ok, va bene. Allora grazie.

Si alzò per dargli un altro bacio sulla guancia e sentì il suo profumo invadergli le narici. Odore di buono.

Dal sacchetto tirò fuori un piccolo pacchetto.

– Dai, scarta! – la incitò lui.

Lei obbedì e scoprì che si trattava dell'ultimissimo modello di iPod, colore rosa shocking.

– Oh! Ma è...

– Sì, lo so che ne hai già uno – la interruppe lui. – Infatti, il vero regalo è quello che c'è *dentro*.

Bea s'illuminò. – Vuoi dire che hai già caricato delle canzoni?

– Sì. Mi perdoni, vero, se l'ho già usato?

– Ma certo! – esclamò lei srotolando le cuffie per infilarle alle orecchie. – Anzi, non vedo l'ora di sentire cosa..

Ma Andrea la fermò mettendo una mano sulla sua. – Aspetta.

Bea non capì.

– Quello che ti chiedo è di accendere l'iPod solo una volta che sarai arrivata allo stadio, per il concerto di questa sera. Sì, lo so che è una richiesta strana – rise. – Ma vorrei che questa notte ci fosse anche una piccola parte di me, a quel concerto. Che tu avessi un pensiero per me.

Bea lo guardava con occhi pieni di tenerezza. – Senti Andrea, a proposito del concerto...

Ma ancora una volta Andrea la zittì mettendole un dito sulle labbra. – Non voglio sapere con chi andrai: sono fatti tuoi, Bea. Ma sappi che, chiunque sia, dovrai dirgli da parte mia che è una persona fortunata.

Istintivamente, Bea allungò la mano e prese quella di lui. – Grazie. È un regalo meraviglioso. E ti prometto – aggiunse, alzando l'iPod rosa – che questa sera troverò comunque il modo di ascoltare almeno una canzone delle tue.

– Non chiedo altro, pulce.

Bea sussultò. *Come l'aveva chiamata?!*

Stava per ribattere quando Andrea guardò l'orologio, anticipando ogni sua frase.

– È tardissimo. Devo andare! – si alzò veloce. – E anche tu rischi di arrivare in ritardo! –. Si allungò per abbracciarla. – Ancora buon compleanno.

E, sotto lo sguardo attonito di Bea, appoggiò una banconota sul tavolino per pagare le consumazioni e si dileguò come un ladro tra la gente che affollava la piazza.

BIIIP!

Bea si trovava di fronte allo stadio e si stava giusto chiedendo come avrebbe fatto a riconoscere Edward in mezzo a tutte quelle persone. Ed ecco arrivare, provvidenziale, il messaggio.

Da: Edward
Eccoci qui, Bella. Hai davvero voglia di conoscermi?

Sei sicura del passo che stiamo per compiere? Sei pronta per la verità?

Bea lesse un paio di volte quelle domande che lei stessa continuava a farsi. Era incredibilmente emozionata. Con la mano destra teneva il cellulare, con la sinistra l'iPod rosa che le aveva regalato Andrea.

Edward e Andrea.

Bea strinse le labbra e rispose al messaggio.

Da: Bella

Ci sono. Come ci riconosciamo?

INVIO MESSAGGIO.

Dopo un po', un altro *BIIIP.*

Da: Edward

Io ti vedo già. Sei bellissima.

Non appena lesse, Bea si guardò in girò preoccupata. Come faceva *lui* a sapere chi fosse? Iniziò a scrutare le facce che si avvicendavano di fronte ai cancelli dello stadio: era un susseguirsi di volti, che si accavallavano uno sull'altro davanti ai suoi occhi.

BIIIP!

Aprì la busta.

Da: Edward

Non fare quella faccia preoccupata, Bella. Va tutto bene. Piuttosto, mettiti l'iPod rosa alle orecchie e ascolta la musica, mentre mi aspetti.

Bea respirava a fatica, continuando a guardarsi in giro, in un misto d'emozione e sbigottimento. La gente continuava a passarle davanti, dietro, di fianco: facce, facce, facce...

Come rapita, Bea s'infilò le cuffiette del nuovo iPod e spinse PLAY.

Partì a tutto volume *Cade la pioggia*, dei Negramaro.

Cade la pioggia e tutto lava
Cancella le mie stesse ossa
Cade la pioggia e tutto casca
E scivola sull'acqua sporca

La musica l'avvolse in tutta la sua armonia, tanto che le parve di essere già al concerto, di fronte al palco.

Le note danzavano e Bea ascoltava, e pensava, senza più chiedersi dove fosse Edward.

Pensava a *Blade Runner*, il Dvd che le aveva regalato Diletta, aiutata nella scelta dal fratello.

Dimmi a che serve restare
Lontano in silenzio a guardare

Pensava a *Twilight*, lo stesso libro che aveva visto in camera di Andrea, tutto sottolineato.

La nostra passione non muore
Ma cambia colore
Tu fammi sperare

Pensava ad Andrea che l'aveva appena chiamata "pulce", proprio come l'aveva sempre chiamata Edward.

Tu dimmi poi che senso ha ora piangere
Piangere addosso a me
Che non so difendere questa mia brutta pelle

Pensava a Edward, che proprio ora le aveva mandato messaggi dimostrando di sapere esattamente *chi* lei fosse e *dove* fosse. Era incredibile, eppure Edward la conosceva già.

Lacrime di gioia e liberazione cominciarono a rigarle il viso e non poteva fare niente per fermarle. Tutti i pezzi si stavano mettendo al loro posto e lei si sentiva felice e in pace con il mondo. Con il *suo* mondo.

All'improvviso sentì che qualcuno alle spalle le stava togliendo le cuffiette e lei si girò di slancio, trovandosi davanti all'unica persona che aveva davvero desiderato incontrare quella sera.

Andrea.

La stava guardando con occhi pieni d'amore, gioia, tenerezza.

– Non sai quanto ho fantasticato, Andrea – singhiozzò Bea. – Quanto volevo che fossi tu!

Lui l'abbracciò stretta e rimasero così, con la testa appoggiata l'uno sulla spalla dell'altro. Andrea si discostò e la guardò per un attimo interminabile, tanto che Bea sentì lo stomaco sprofondare nel vuoto. Le loro bocche si avvicinarono piano, fino a sfiorarsi, morbide, e Bea si abbandonò a quel bacio.

Alla fine fu lui a staccarsi e ad avvicinare il viso al suo orecchio, sussurrandole: – *E la mia pelle è carta bianca per il tuo racconto ma scrivi tu la fine: io sono pronto!*

Indice

Bea, Andrea, Ciutz, Anna, Giacomo: il gruppo di amici del liceo si è ricomposto dopo le vacanze. Sono più grandi di un anno e Bea ha passato con Andrea la sua prima vacanza in tenda senza genitori. Ma durante l'estate qualcosa è andato storto e tra i due ragazzi sono nate delle incomprensioni. In più Bea conosce online un misterioso utente di una community di lettori i cui libri preferiti coincidono incredibilmente con i suoi…

Prova d'acquisto
978-88-6836-961